「獅子が――――覚醒する」

（彼女が覇王になれば僕のプレイが捗るのだ!!）

モードレッド
_Mordred
ベータ
_Beta
イプシロン
_Epsilon
「答え合わせがしたいのよ。
『黒キ薔薇』のこと、
魔物のこと、
そして……
ディアボロスのこと」
The Eminence in Shadow
I can't remember the moment anymore.
Yet, I had desired to become "The Eminence in Shadow" ever since I could remember.

The Eminence in Shadow
「……殺戮の宴の始まりだ」
ローズ・オリアナ
_Rose Oriana
664番
_No.664
「お父様の意志は私が継ぐ……」
665番
_No.665

「空は我が支配下にある。
シャドウ
_Shadow
The Eminence
The Eminence in Shadow

その身に刻め――
闇の烏籠」

「自分の立場をよおく考えるんだなあ」
冴島ユウダイ
_Yudai Saejima
The Eminence
「今は、敵ではないことを祈ろう」
灰谷
_Haitani
The Eminence

「やっぱり、似てるなぁ……」
「君たちは『メシア』の仲間なんだから」
西野アカネ
_Akane Nishino
The Eminence
西野アキラ
_Akira Nishino
The Eminence

I can't remember the moment anymore.
Yet, I had desired to become "The Eminence in Shadow"
ever since I could remember.
An anime, manga, or movie? No, whatever's fine.
If I could become a man behind the scene,
I didn't care what type I would be.
Not a hero, not an arch enemy,
but the existence intervenes in a story and shows off his power.
I had admired the one like that, what is more,
and hoped to be.
Like a hero everyone wished to be in childhood,
"The Eminence in Shadow" was the one for me.
That's all about it.

The Eminence in Shadow

04

陰の実力者になりたくて！

04

陰の
実力者に
なりたくて！

逢沢大介 著
東西 イラスト

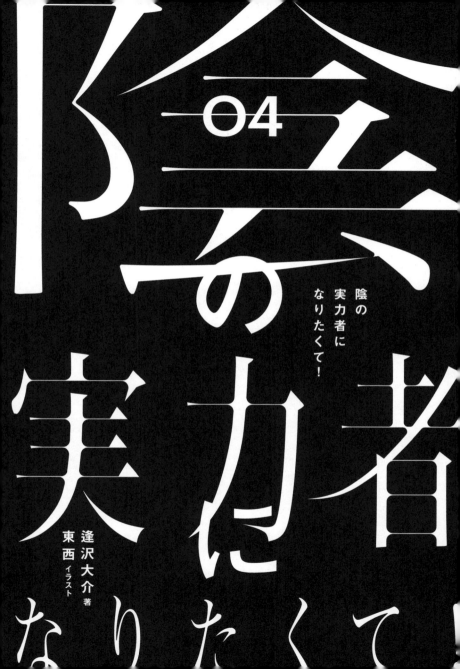

Not a hero, not an arch enemy,
but the existence intervenes in a story and shows off his power.
I had admired the one like that, what is more,
and hoped to be.
Like a hero everyone wished to be in childhood,
"The Eminence in Shadow" was the one for me.
That's all about it.

The Eminence in Shadow

I can't remember the moment anymore.
Yet, I had desired to become "The Eminence in Shadow"
ever since I could remember.
An anime, manga, or movie? No, whatever's fine.
If I could become a man behind the scene,
I didn't care what type I would be.
Not a hero, not an arch enemy,

序章

オリアナ王国で戦争だ！

The Eminence in Shadow
Volume Four

Prologue

The Eminence in Shadow

PROLOGUE

自分が夢を見ているのだと気づくときがある。

ローズ・オリアナにとってそれは、いつも同じ瞬間だ。

夢の中で、彼女はブシン祭の会場に立っている。

彼女の前には父が立っている。

そして、ローズは剣を抜いて父に刃を突き立てるのだ。

ゆっくりと、ゆっくりと。

静かなその世界で、ローズと、父と、刃だけが、ゆるやかに動いている。

ゆっくりと、ゆっくりと。

刃は父の体を貫いていく。

止めることはできない。引くこともできない。ただ残酷なまでにゆっくりと、時は過ぎていく。

肉を貫く感触も、吹き出す血の温かさも、忘れることのできない記憶として刻まれる。

泣くこともできない。叫ぶこともできない。決して逃れられない。

父は何かを伝えるかのようにローズを見ている。

そして、父はローズに手を伸ばし――彼女の首を絞め上げた。

『お前を絶対に許さない』


「ごめんなさい、ごめんなさ……ッ」

ローズは毎朝、自分の声で目が覚める。

ベッドと小さな机だけが置かれた小さな部屋。ここはオリアナ王国内にあるシャドウガーデンの拠点だ。

「父様……」

ローズの頬を涙が流れ落ちる。

瞳の奥に悪夢が焼き付いている。

あの日、父は最期に何かを言い残そうとした。

恨んでいたのだろうか。

憎んでいたのだろうか。

夢で聞いた言葉が答えなのだろうか。

ローズは汗で濡れた冷たいシーツを握り締めた。

そのとき、部屋の扉が叩かれた。

「666番、時間よ」

664番の声だ。

「すぐ出ます」

ローズは涙を拭いて着替える。

汗で張り付いた薄手のシャツを脱ぎ、黒いスライムを取り出すと素肌の上に這わせていく。

スライムボディスーツだ。

魔力伝導率が極めて高く、伸縮自在でどんな形にも変化する。ローズが魔力を流せば並の魔剣士では傷一つつけられない強度になるだろう。

魔剣士の常識が覆るほど画期的な技術だが、これはシャドウガーデンの技術の一端にすぎなかった。

「おはようございます」

着替えを終えたローズが廊下に出ると、６６４番と６６５番が待っていた。同じ分隊の仲間だ。

「急ぐわよ」

「おはよ～６６６番ちゃん」

足早に歩く６６４番の後に６６５番とローズが続く。

廊下は飾り気がない無機質な灰色の壁と天井で、鉄筋コンクリート造というシャドウガーデンで研究中の工法らしい。シンプルな印象だが、だからこそ照明と絨毯《じゅうたん》が映える。

照明は特別なカットで加工した透明度の高いクリスタルガラスだ。その輝きが空間に美しい陰影を作っている。

これもシャドウガーデンが独自に開発した技術で、ミツゴシ商会の最高級レーベルでシャンデリアとして販売されている。

最も安い商品で一千万ゼニーもするが、飛ぶように売れているようだ。

ゆくゆくは、これらの技術で建築業界にも進出すると噂《うわさ》だ。

眩暈《めまい》がするほどの技術力に、ローズは小さくため息を吐《つ》いた。

これが全て、シャドウの『陰の知識』によってもたらされたのだから驚きだ。圧倒的な戦闘力だけでなく、計り知れない知識を持った男……彼はいったい何者だろう。

「聞こえたわよ」

６６４番が言った。ローズのため息が聞こえたようだ。

「悩みがあるなら相談して。あなたに特別な事情があることは察しているわ」

「いえ、何でもないです」

「……そう」

６６４番は小柄なエルフだ。

歳はローズの一つ上らしい。厳しいが責任感が強く分隊長を任されている。

６６５番はローズと同い年のエルフだ。いつも眠そうでぼんやりしている。

二人とも美しい少女だが、表の世界なら一流の魔剣士として通用する実力があるだろう。

だがそんな６６４番と６６５番でも、組織では下から数えた方が早い。

ローズは６６６番。

この番号は入った順に与えられ、決して実力順ではない。

しかし番号が１００離れると格が一つ違うとも言われており、番号でおおよその実力は判別できる。

もちろん例外もいる。

ローズはかつて５５９番が戦う姿を見たことがある。

相手は89番だ。番号は４００以上も離れており、普通に考えれば勝てる相手ではない。

しかし５５９番は圧勝した。

そして彼女はナンバーズへの挑戦権を手にしたのだ。

シャドウガーデンの層は驚くほど厚かった。

魔力が増えて強くなったような気がしていた。シャドウガーデンに入れば何かできる気がしていた。強くなればオリアナ王国を救える気がしていた。

だが、何もできなかった。

「……頑張らないと」

ローズは呟《つぶや》いて、前を歩く二人の少女を追った。

今日の任務の代表は、あの559番なのだ。


拠点を出たローズたちは、深夜の雪原を音もなく駆けた。

遠くに城砦《じょうさい》が見える。

それを小高い丘から見下ろす美しい少女がいた。

「――来たか」

彼女はそう言って振り返る。

ピンクブロンドの艶やかな髪が揺れた。月明かりに照らされた彼女は、同性のローズの目から見ても神々しさを感じるほど美しかった。

彼女こそがシャドウガーデンの559番。

「お待たせして申し訳ありません」

「任務の仔細《しさい》はわかる？」

559番の言葉はいつだって端的だ。

「いえ、サイショ城砦に関する任務としか聞いていません」

「そう」

559番は白い息を吐くと、背を向けて語りだした。

「サイショ城砦が『ドエム派』の手に落ちたのは二日前――」

オリアナ王国は現在、ドエム派と反ドエム派に分かれて争っている。まだ大きな戦いはないものの地方では小競り合いが頻発していた。

「サイショ城砦はミドガル王国との国境付近にあるさして重要でもない小さな城砦だ。しかし、この砦《とりで》を落とすため秘密裏にディアボロスチルドレンが動員された」

チルドレン1ｓｔは教団の精鋭だ。落とした城砦で遊ばせておくにはもったいない。

「城砦に何かがある。我々の任務はサイショ城砦に潜入し教団の目的を探ること。なぜお前が選ばれたかわかるか」

559番の視線はローズに向けられていた。

「私がサイショ城砦を知っているからです」

サイショ城砦は山間《やまあい》にあり、王族の避暑地としても利用されていたのだ。

「そう。だが、それだけではない」

そう言って559番は丘を飛び降りた。彼女は鳥が舞うかのように軽やかに雪原を進んでいく。

ローズたち三人も慌てて後を追う。

「私がお前を指名した。ローズ・オリアナ」

本当の名を言われてローズは戸惑った。

666番がローズ・オリアナであることは、シャドウガーデンでは公然の秘密である。

「お前はシャドウ様より力を授けられた」

「え？」

664番と665番が驚いた顔でローズを見る。

シャドウから力を授けられたのは最初の七人――『七陰』だ。『七陰』の力はシャドウガーデンの中でも別格であり、シャドウから力を授けられるということは特別なことなのだ。

「……はい」

ローズは小さく頷《うなず》いた。

悪魔憑《つ》きに冒されたローズを救い力を授けたのはシャドウだ。

「私もだ」

「559番も……？」

「私もシャドウ様より力を授かった。『七陰』を除けば、私とお前だけが『特別』だ」

559番は見定めるかのような視線をローズに向けて呟く。

「……弱いな」

「――ッ」

「私はシャドウ様の忠実なる下僕。あのお方に相応《ふさわ》しくない者は排除する」

559番はローズを一瞥《いちべつ》し背を向けた。

サイショ城砦の内部には兵士たちの死体が折り重なって放置されていた。

城壁からそれを見下ろして、ローズは唇を嚙《か》みしめる。

戦争のきっかけを作ったのは彼女自身であり、その結果がこれだ。

兵は死に、民は苦しんでいる。

ローズにとって何より苦しいことは、自分が何もできないでいることだった。

自惚《うぬぼ》れていたのかもしれない。

自分が動けば何かが変わると思っていたのかもしれない。

しかし、ローズはシャドウガーデンでは一兵卒にすぎない。力でも、知恵でも、自分より遥《はる》かに優れた人が組織には数多くいて、自分の力がいかに小さいのか思い知った。

「666番、どうかした？」

この戦争で、自分に何ができるのだろう。

苦痛に歪《ゆが》んだ兵たちの死に顔は、自分を恨んでいるかのようだ。

「666番……！」

肩を揺すられて、ローズは振り返った。

664番が心配そうにローズを見つめている。

「ごめんなさい、何でもないの」

「そう。あまり気にしない方がいいわ」

６６４番は微笑《ほほえ》んだ。

「――動いた」

教団の動きを監視していた５５９番が呟く。

月明かりで照らされた城砦の門から、黒いローブを羽織った人影が出てきた。

「四十人以上います～」

「思ったより多いな」

５５９番の唇が僅《わず》かに歪んだ。それは、愉悦の笑みだ。

「どうしましょ～」

「距離をとって追跡する」

５５９番を先頭にして、彼女たちは音を消し闇の中を進む。

黒ローブの集団は城砦から離れて森の中へと入っていった。

「森の中で距離を詰める」

「はい」

「警戒しろ。全員がチルドレン１ｓｔクラスの実力だ」

「全員が……!?」

チルドレン１ｓｔは教団の精鋭であり、その数もそう多くはない。彼らが四十人も集まっていることが異常だった。

「666番。森の中に何がある？」

　559番が問う。

「遺跡があります。魔人ディアボロスとの戦いで亡くなった戦士を祀《まつ》った神殿の跡ですが、ほとんどが崩れていたはずです」

「遺跡か、やはり……」

　559番は何か思い当たることがあるようだ。

　森の中に入り、集団との距離を徐々に詰めていく。そして、遺跡に辿り着いた。

　黒ローブの集団は、崩れた遺跡の祭壇を囲んでいる。

　ローズたちは気配を消して物陰に隠れた。

「間違いない……これが……扉を……」

　リーダーらしき男の声が僅かに聞き取れる。松明《たいまつ》で照らされたその顔は、頬に傷のある中年の男だった。

「『疾風』のクアドイ……教団の幹部です」

「……そうか」

　559番の唇が歪んだ。

「祭壇に……を……任せたぞ……レイナ王妃」

　クアドイが黒ローブの集団の中から、小柄な女性を連れだし祭壇の前に立たせた。

彼女がそのローブを脱いだ瞬間、ローズの喉が震えた。

「お、お母様……」

その女性は、紛れもなくローズの実の母だった。脅されて教団に従っているのだ。

しかし、オリアナ王国の王族は反ドエム派に保護されているとローズは聞いている。

「どうしてお母様が……」

まさか、捕らえられたのか……それともシャドウガーデンが嘘《うそ》を……。

ローズの脳裏に様々な考えが巡った。

「そこに手を……」

クアドイに命じられるがままレイナ王妃が手をかざすと、祭壇は光り輝き魔術文字が浮かび上がる。

「やはり……王族……血が鍵……」

やがて光は収まり、祭壇の上に小さなリングが浮かんだ。

それは、指輪だった。

「間違いない……これが……オリアナ王国の……」

クアドイはその指輪を小さな箱に入れた。

「――戦いの準備を」

５５９番は歪んだ笑みのまま告げた。

「な、調査任務のはずでは……ッ」

664番が声を潜めて反対する。

「あの指輪は鍵だ。殲滅《せんめつ》し、回収する」

「それではわかりません、鍵とは何ですか」

「お前たちが仔細を知る必要はない。回収しなければならないことだけ理解しろ。どうやって回収するか、それだけを考えろ」

重要な情報は664番やローズのような下っ端が知ることはできない。シャドウガーデンの情報管理は徹底されている。

「待ってください、どう考えても不利です……ッ」

こちらは四人、向こうは四十人。人数差は十倍だ。

「だからどうした」

559番は平然と言い漆黒の刀を抜いた。

「──処刑の時間だ」

「ま、待ってください、あそこには母が──」

ローズの声は無視された。

559番が地面を蹴り、一瞬で祭壇まで移動する。その手にある漆黒の刀は長く伸びていた。

まとめて薙《な》ぎ払う気だ。

「な、何者だ――ッ」

チルドレンも反応し剣を抜く。

直後、甲高い音が響いた。

559番の一撃は容易《たやす》く剣をへし折りチルドレンを両断した。

「シャドウガーデンだッ！　散開しろ‼」

まるで『七陰』を彷彿《ほうふつ》させる、凄《すさ》まじい衝撃が広がった。

教団に動揺が走るが、彼らも立て直し散開を始める。だが、559番はその間にも一人、また一人と葬っていく。

そして――559番の次の獲物に選ばれたのはレイナ王妃だった。

「お母様！」

その瞬間、ローズの脳裏に浮かんだのは父の顔だった。

胸を貫かれ、血を吐き倒れる父の最期――何度も繰り返し夢で見た姿。

「いやぁぁぁあああああ‼」

ローズは手を伸ばし、母を抱きしめて559番の刃を避けた。

レイナ王妃は驚いた顔でローズを見た。

「ローズ……？」

「お母様……ッ！」

ローズは強く、母を抱きしめた。

「どうして……どうしてお母様を……ッ‼」

怒りに染まった蜂蜜色の瞳が559番を睨《にら》む。

「……フッ」

559番の返答は冷酷な笑みだった。

ローズはレイナ王妃を守るように抱きしめるが、彼女たちは教団に取り囲まれていた。ローズとレイナ王妃に剣が突きつけられる。

「動くな。動くと殺すぞ」

クアドイが忠告する。

「不意を突かれたとはいえ、チルドレン1ｓｔを9人も失うとは……これが『七陰』か」

周囲には九人の死体が転がっていた。

「残念だが……私は『七陰』ではない」

559番は言った。

「『七陰』ではないだと……？　ならばナンバーズか」

「私はただの559番、今はまだ……」

「ただの雑兵《ぞうひょう》だというのか、これほどの力がありながら……」

クアドイは驚きで目を見開いていた。

「だ、だが、どれだけ力があろうがここで終わりだ」

クアドイが腕を振ると、三人の黒ローブがフードを脱いだ。

「そんな……教団の幹部が、三人も……」

６６４番と６６５番は絶望で顔を歪めた。

そして、５５９番は笑みで顔を歪めた。

「おかしな真似はするな。こちらには人質がいる」

クアドイがローズの首筋に剣を向ける。

「好きにしろ」

「何だと」

「その女はシャドウガーデンに相応しくない」

５５９番の纏《まと》う魔力が密度を増していった。

「――まとめて処分する」

ローズは拘束され母とともに連れ出されていく。振り返ったローズが最後に見たのは、教団に囲まれた５５９番の姿だった。

僕はサイショ城砦の城下町の酒場で、リンゴジュースを飲みながら話を聞いていた。

デルタから逃亡した僕は、ダッシュで国境を越えてオリアナ王国に潜入したのだ。

「戦争が始まったんです。サイショ城下町はクアドイ様に占領されて、住民もたくさん殺されました」

「ふむふむ、そうなんですか」

僕はカウンターで相槌《あいづち》を打つ。店主はマリーさんという色っぽい美人さんだ。どこかで見たような気がするが、気のせいだろう。

ちなみに男性客の九割は彼女目当てらしい。

「もうめちゃくちゃです。兵隊さんがお店のお金を全部持っていっちゃって」

「うんうん、大変ですね」

「シドくんも巻き込まれて災難でしたね。私、最近お店を始めたばかりで――」

オリアナ王国は国王不在で二つの派閥に分かれて争っているらしい。

派閥争い、戦争、それはロマンである。『陰の実力者』的にカッコよく介入できるポイントが必ずあるはずだ。

「でも私、きっと何とかなると思うんです」

「うんうん、そうですね」

「諦めちゃだめなんです。諦めずにいれば、きっと道は開けるんです」

「そうですね、うんうん」

マリーさんは何やら遠くを見つめながら瞳をキラキラ輝かせていた。だが彼女の視線の先には薄汚れた酒場の扉しかない。

そのとき、扉が開いた。

入ってきたのはガラの悪い兵士が三人。

「おい、姉ちゃん！　売り上げ全部よこしな！」

現実は非情である。

「そ、そんな！　この間あげたばかり――」

「うるせぇ！　よこさねぇと、あんたの体で払ってもらうことにするぜ」

「そ、それは……」

「おい!!」

横暴な兵士たちの前に、一人の勇気ある少年が立ち塞《ふさ》がった。

そう、僕である！

他の客と同じようにガタガタ震えるモブプレイにしようかとも思ったのだが、やはりここは定番の……。

「マ、マ、マ、マリーさんに手を出すな！」

愛のパワーで覚醒した少年が兵士たちをぶっ飛ばす——わけがないプレイ。

「ぺぎょッ!!」

僕はワンパンで吹っ飛ばされて鼻血を吹いた。空中で一回転半を決め、見事に顔面から着地。

ふふふ、美しきやられモブ。

「シドくんッ」

「へへへ、次は姉ちゃんに相手してもらおうか」

兵士がニヤリと笑った。

「は、払います、払いますから！」

マリーさんが売り上げをかき集めて兵士に渡す。

「はっ、最初からそうしてれば……おい、少ねぇぞ」

「そ、それで全部です。仕入れも満足にできてなくて……」

「ふざけんじゃねぇぞ」

兵士はマリーさんの胸ぐらを摑《つか》む。

「今日のところは勘弁してやる。だが次は、どうなるかわかってるよな——」

舐《な》めるような視線でマリーさんを眺めて、兵士たちは店から出て行った。

「シドくん、大丈夫?」

マリーさんは倒れた僕に膝枕してくれた。

「う、うぅ……マリーさん、すみません」

「もう、無茶して」

「ごめんなさい……売り上げとられちゃいましたね」

「いいのよ」

マリーさんは僕の頭をなでて微笑む。

「落ち着いてるんですね」

「慣れてますから。私、無法都市の出身なんです」

無法都市はいいところだ。僕の第二の故郷みたいな場所なのだ。

「そこでずっと娼婦《しょうふ》をしていました。荒事は日常茶飯事で、何度も諦めそうになったけど、諦めなかった。だから助けてもらえたんです、あの人に……」

キラキラと瞳を輝かせるマリーさん。

「私、絶対に諦めたくないんです。諦めなければ、いつかまたあの人に会える気がするから
……」

「そうですね。じゃ、そろそろ行きます」

「ありがとう、シドくん。助けてくれて嬉しかった」

マリーさんは微笑んで、僕を見送ってくれた。


寒い夜道を、3人の兵士が歩いていた。

「ははっ、ちょろいもんだぜ。しかしこんな町にはもったいねぇ美人だな」

兵士はお金が入った袋をジャラジャラと鳴らした。

「ああ。でも住民は口封じで皆殺しにするらしいじゃねぇか」

「近くに重要な遺跡があるとか……へへへ、皆殺しにする前に楽しむとするか」

白い息を弾ませながら彼らは話す。

彼らが路地裏に入ったところで、一人の少年が姿を現した。

「やぁ」

と、少年は軽く微笑んだ。

黒髪に黒目の、どこにでもいる平凡な少年だ。

「てめぇ、さっきの」

「おうおう、誰かと思えば一発で吹っ飛んだ情けねえガキじゃねぇか」

「ハハッ、殺しちまうか」

そう言って何の躊躇《ためら》いもなく、兵士は剣を振り抜いた。

しかし――少年はそこにいなかった。

「消えた⁉」

「あぁ⁉　どこ行きやがった！」

「うお、後ろ⁉」

少年は彼らの背後にいた。

何も変わらない様子で、ただ立っている。

「とりあえず殺しにいく、無法都市スタイルだね」

そして「うんうん」と頷く。

「おい、何しやがったてめぇ」

「何か変だぞこいつ」

「ビビってんじゃねぇよ！」

兵士が剣を薙ぎ払う。

しかし少年は、消えた。

「ま、また消えた⁉」

「なら話はとても簡単だ」

どこからか少年の声だけが聞こえてくる。

「どこだッ――ゴフッ⁉」

少年は、また背後にいた。その手には兵士の心臓が握られている。

鮮血が雪の上に落ちた。

「う、嘘だろ⁉　こいつ素手で心臓をッ！」

「な、何でだよ、さっきは一発で――ッ」

それは、流れるような動きだった。

少年は血の滴る心臓を捨て、逃亡を図る兵士の背後から胸を貫いた。

「ゴヒュッ！　ぁ……た……たすけ……ッ」

そして、二つ目の心臓を握り潰す。

血の華が咲いた。

「わ、悪かったッ！　殴って悪かったよッ‼」

最後の一人に、少年は血で染まった腕を向ける。

「無法都市では強い方が正義」

「ひ、ひぃッ!!　助けて——ッ」

そして、貫いた。

路地裏に血が広がっていく。

「つまり僕が正義だ」

月明かりが差し込み、胸に穴が開いた三つの骸《むくろ》を照らした。

「城砦と、遺跡か……面白そうなこと話してたな」

少年は心臓を捨てて、お金が入った袋を拾い上げた。

そして、遠くの城砦を眺め目を細めた。


「ば、化け物め……」

クアドイが呟いたその言葉に、664番は深く同意した。

664番は森の木にもたれかかり、彼女の足下には665番が倒れている。

二人とも魔力切れで、戦う力は残されていない。

しかし周囲には、無数の死体が転がっていた。

その数、優に百を超える。

そして、凄惨な死体の中心に血まみれの559番が立っていた。

ローズが連れ去られてから、彼女は戦い続けた。黒ローブの集団と三人の幹部を一晩で葬ると、城砦から駆けつけた増援も殺戮《さつりく》していった。

559番は森の中を縦横無尽に駆け回り、戦いは三日三晩に渡って続いた。

しかし559番も無事ではない。

背中を斬られ、腹を貫かれ、そして左腕は肘から先がなかった。右腕に持った漆黒の刀は力なく垂れ下がっている。

立っているのが不思議なほどの傷だ。

切断された左腕の傷口からは、今もなお血が滴っている。

止血する魔力も残っていないのだろう。

「ど、どうやら、魔力切れのようだな」

声を震わせながらクアドイが言った。

「手こずらせやがって」

クアドイは559番に近づくと、彼女の腹を蹴り飛ばした。

「あぐ……ッ」

意外とか弱い悲鳴を上げて559番は倒れた。

クアドイは彼女の首に足を乗せた。

「このまま踏み砕いてやろうか」

少しずつ力を加えていく。

「ただでは殺さんぞ。き、貴様のせいでどれだけの犠牲が出たか思い知らせてやる」

クアドイは引きつった笑みを浮かべ559番を踏みにじる。

「だが、犠牲を出すだけの価値はあった。ローズ・オリアナが手に入ったのだからな。ドエム様もお喜びのようだ」

クアドイは満足げに書状を覗かせた。

「さて、どこから始めようか。右腕か、足か、それとも眼球か……」

クアドイの剣が559番の体をなでて浅い傷をつけていく。スライムボディスーツも魔力がなくなれば役に立たない。

664番は559番が傷つけられるのを黙って見ていることしかできなかった。

「何だ、その顔は」

クアドイは怪訝《けげん》そうに559番を見下ろした。

彼女は笑っていたのだ。

それは、透き通った美しい笑顔だった。

「また、私を救ってくださるのですね……」

彼女の瞳から涙がこぼれ落ちていく。

「気味の悪い女だ。右腕から切り落としてやる」

クアドイが剣を振り下ろそうとした、そのとき。

「あぎィィイイイイッ!!」

絶叫とともにクアドイが倒れた。彼の足首から先が、無惨に千切れていた。

「な、何で……」

559番がゆっくりと立ち上がる。

その右手に、何かを持っていた。

クアドイの足だった。

「ま、魔力切れだったはず、なのに、どうして……」

いつしか、559番の周囲を青紫の魔力が渦巻いていた。

大気が震えるほど濃密な魔力の渦が559番の傷を癒やしていく。

彼女は斬り落とされた左腕を傷口に合わせる。

そこに青紫の魔力が収束し光り輝く。

そして――。

「これが、あのお方の力……」

559番の左腕が元通りになった。

「シャドウガーデンには……『七陰』以外にも化け物が……ッ」

クアドイが背を向けて逃げ出した。

足が千切れても、彼は『疾風』だ。

その動きを目で追うことはできず、ただ風だけが通り抜けた。

「愚かな――そこはあのお方の間合い」

559番が呟いた。

次の瞬間、血飛沫《しぶき》が花弁のように舞い散った。

細切れになったクアドイが転がる。その死に顔は驚愕で歪んでいた。

カツ、カツ――と。

漆黒のロングブーツが石畳を歩く。

「ご無沙汰しております……」

559番は歓喜で頬を染め跪《ひざまず》いた。

そして、闇の中から漆黒のロングコートを纏った男が現れた。その手に握られた漆黒の刃が血糊で怪しく光る。

「……シャドウ様」

６６４番も慌《あわ》てて跪いた。

サイショ城砦はお留守だったから、近くの森で魔力を感じて行ってみたら、見覚えのあるピンクブロンドの少女がピンチだった。

名前は確かウィクトーリアちゃんだったはず。

彼女は去年、長距離散歩しているときに拾った悪魔憑《つ》きの子で、僕が治療してアルファに預けたのだ。

虫も殺せないか弱い女の子だったのに、血まみれでバトルしていてびっくりした。

痛そうだったから治してあげたけど、あまり無理しない方がいい。彼女を虐《いじ》めていたおっさんはバラバラに切り刻んでおいた。

「――無事か」

僕がヴィクトーリアに話しかける。

「はい」

ならいいけど。

しかしいったい何があって兵士たちとガチバトルしていたのか。

「……何があった」

「少し、不手際が。ディアボロス教団の計画が動き出したようです……」

不手際か。

誰にでも言いたくないことはあるものだ。悪いこととして兵士に見つかったのだろう。咄嗟《とっさ》にディアボロス教団の設定を持ち出して誤魔化すあたりさすがである。

ヴィクトーリアの他に、以前ローズ先輩と一緒にいた少女が二人いた。

大きな怪我《けが》はなさそうだけど、一応治してあげる。

「あ、ありがとうございます」

「ありがとうございます～」

うんうん、素直でいい子たちである。

「……シャドウ様。ご報告があります」

少しムッとしたヴィクトーリアが僕のコートを引っ張った。

懐かしいな、去年の治療中を思い出す。コートを引っ張るのは彼女の癖だった。

「裏切り者、666番についてです」

666番って誰だ。

ミツゴシ商会の従業員は番号で呼び合っているようだが僕は六百人も覚えられない。

「裏切り者……?」

「ち、違います！　666番は裏切ったのではなく、母親を助けようとして――」

委員長タイプの少女が弁護する。

「そうか……」

なるほど、ミツゴシ商会の666番が裏切ったのか。新商品の情報とか持ち逃げしたのかな。

ふむふむと頷くと、かなりムッとしたヴィクトーリアが僕のコートを引っ張った。

「666番はシャドウ様に相応しくありません。私が――」

そのとき、冷たい風が吹いてどこからか書状が飛んできた。

「ん……?」

気になって、中を見るとこう書かれていた。

『祝!!　ローズ・オリアナ王女とドエム・ケツハット公爵の結婚が決定!!』

「何……ッ」

ローズ先輩が結婚する……？

彼女はブシン祭で父を殺して新たな王になる野望があったはず。

しかも結婚相手はかつての婚約者で一度拒絶した相手だ。なぜ今さら結婚する必要があるのだ。

何があったのだ。

まさか王になるのを諦めた……？

「許さん――ッ」

僕は書状を微粒子レベルまで切り刻んだ。

光あるからこそ陰が輝く。

彼女が王になれば僕の『陰の実力者』プレイが捗《はかど》るのだ。

「え、えぇ！　どうして⁉」

「さすがですシャドウ様！」

「絶対に――許さん」

結婚なんて絶対にさせない。

たとえ親が許しても僕が許さない。

「――待っていろローズ・オリアナ」

ローズ先輩、君は何のために父を刺したのだ。

王になるためではないか――ッ！

「……裏切り者の処分はシャドウ様にお任せいたします」

「そんな……666番……」

なぜか目を輝かせているヴィクトーリアと、絶望しているエルフ少女二人を放置して、僕は雪を巻き上げて全力ダッシュした。

あ、でもその前にリンゴジュース代払わないと――。


マリーは深夜、ふと目を覚ました。静かな、とても寒い夜だった。

窓が少しだけ開いている。寝る前に閉めたはずなのに。

マリーは白いため息を吐いて、ベッドから身を起こす。そのとき、窓の横で何かが動いた。

「だ、誰……？」

「……」

それは、人の影だった。月明かりが室内に差し込む。

「あ……」

人影は見覚えのある黒いロングコートを纏っていた。

「あ、あなたは……」

次の瞬間、窓が開いたかと思うと人影は消えていた。

「ま、待って、お願い――ッ」

マリーが窓に駆け寄る。

しかし、そこにはもう誰もいなかった。

「あの人じゃなかったのかな……」

きっと、泥棒が逃げたのだ。そう考えるのが自然だった。

でも、マリーはいつもどこかで、あの人を探してしまう。

町を歩いていても、仕事をしていても、何をしているときも。酒場で会った黒髪の少年にも、なぜかあの人の面影を感じてしまった。

「バカみたい……」

窓を閉めようとして、床に大きな袋が落ちていることに気づいた。

「これって……あぁ」

袋の中に入った大量の金貨を見て、マリーの瞳から涙がこぼれ落ちた。まだ少し温かいその袋を、マリーはギュッと抱きしめた。

一章

ローズ・オリアナの結婚を阻止せよ！

The Eminence in Shadow
Volume Four
Chapter One

僕は芸術の都オリアナ王国の王都にやってきた。

白壁に赤屋根で統一された美しい町並みで有名だが、冬は降り積もった雪が屋根を覆い隠し見渡す限り真っ白になる。

大人気観光地のオリアナ王国王都だが、さすがに観光客の姿はない。いつ戦争が始まるかわからないし。

住民の雰囲気もどこか張り詰めている。

噂《うわさ》によると、ドエムはローズ先輩と結婚して王位継承権を手に入れるつもりらしい。

許すまじ。

ローズ先輩を説得せねば。

というわけで、僕は厳戒態勢の王城の正門を突破することにした。

「門番たちよ、我が音速に刮目《かつもく》せよ……」

本日は晴天なり。

人通りはかなりあり。

門番は目を光らせており。

僕の磨き上げた縮地《しゅくち》が輝く瞬間がここなり――――ッ!!

「シャ……シドさん、お久しぶりです」

そのとき、懐かしい声が僕を呼び止めた。

「おっと、イプシロンか。奇遇だね」

急停止して振り返ると、透き通った泉のような髪と瞳のエルフの美女、イプシロンがいた。

そういえばピアニストとしてオリアナ王国に招待されていると言っていたっけ。

「お会いできて光栄です。シドさんも例の件で?」

イプシロンが視線を向ける先は王城だ。

結婚式でピアノを弾くとかそんな感じかな。例の件って言うとかっこいいよね。

「ああ、僕も例の件だ」

僕も深刻な顔を作って言った。

結婚と関係しているのは一緒なのだ。

「やはり、そうでしたか……。よかったら、ご一緒しませんか?」

「イプシロンと?」

「私の弟子ということでしたら正面から入れますよ」

「ほほう」

何だか楽しそうだし、途中で抜け出しても大丈夫だろう。

「よし、一緒に行こう」

というわけで、僕はピアニストのシロンの弟子として入城することにした。


イプシロンのおかげで顔パスで入城した僕は、豪華絢爛《けんらん》かつ芸術的な装飾に目を奪われた。

「さすが芸術の国」

「世界一美しい城と評判ですね」

天井の高い廊下をイプシロンと並んで歩くと、すれ違う人々が礼をしていく。

「この国では芸術で認められれば、人種や身分に関係なく敬意を払われるのです」

「ふむふむ」

「私が敬意を払われるのも主様のおかげです。私の師は主様ですから」

イプシロンは顔を近づけて囁《ささや》くように言って腕を絡めた。

計測したところ、彼女のバストはスライム率九十九％。

相変わらずである。

イプシロンのボディはスライムによって日々アップデートされているのだ。

バストとヒップはスライムで盛られ、ウェストは締められ、そして脚の長さも底上げされた、驚異のスライム整形ボディである。

「ふふふ、どうかしましたか」

イプシロンが上目遣いで微笑《ほほえ》む。

「さすがイプシロンだと思って」

そのボディを制御するためにどれほど緻密《ちみつ》な魔力操作が必要とされるか僕は知っている。

「まぁ」

イプシロンは嬉《うれ》しそうに僕の腕を抱きしめて声を潜めた。

「ターゲットは監視して泳がせています」

「……ふむ」

ターゲットとは何ぞや。

「まだ我々の潜入には感づかれていません。時機を見て――」

そのとき、僕らはゴージャスな集団に話しかけられた。

「これはこれは、シロン様。本日は昼食会で演奏されるご予定でしたね」

「はい、ドエム公爵。本日は新曲を披露する予定です」

慣れた様子でイプシロンは挨拶を交わした。公爵の後ろにはお付きの人々がたくさんいる。

彼がローズ先輩の憎き婚約者だな。

「それは楽しみです。シロン様の楽曲はどれも前衛的で素晴らしいですから」

この世界にいない音楽家が作曲したわけだし、それはそれは前衛的だろう。

「ぜひローズ様にも聴いていただきたいのですが、本日もご欠席でしょうか」

「ええ、体調が優れないようでして。結婚式までは大事を取るつもりです。ところで、そちらの方は？」

ドエムの注目が僕に移る。

「彼は私の弟子です」

「シロン様に弟子がいたとは初耳です。失礼ですが、入城の許可は取られたのですか」

「弟子なら許可は必要ないはずですが」

「最近規則が変わりましたので。城に部外者が侵入した噂もありますし、念のため警備を強化しております」

「では、許可を取って出直します」

イプシロンが視線で「ごめんなさい」と謝る。

そんなこともあるさ、と僕は頷く。

「その必要はありません。彼に一曲弾いてもらえば大丈夫です。シロン様の弟子がどれほどの腕前か、皆気になって仕方がないようですし」

逃げられないパターンだった。

ならばよかろう。僕はピアノちょっと弾ける系モブなのである。

シロンの弟子が現れたと聞きつけて、ホールは瞬く間に人で溢《あふ》れかえった。

シロンはオリアナ王国では誰もが知っている世界最高峰のピアニストである。

数年前、まだ無名だった彼女が発表した楽曲に、音楽界は驚愕した。今までにない斬新さと芸術性の高さ、そして洗練された演奏技術は、音楽会の話題を独占した。

いま芸術界で最も勢いがあるのは、文学界のナツメと音楽界のシロンの二人と言われている。

そのシロンの弟子が現れたとなれば、注目されるのは当然だ。

オリアナ王国では、才能がある音楽家は必ず注目される。まだ表舞台に立っていなくても、パトロンになろうとする貴族たちはすぐに噂を聞きつける。

高名な音楽家を抱えることこそ、オリアナ王国の貴族のステータスなのだ。

だからこそ、ピアノの前に立つ黒髪黒目の少年を見て誰もが首を傾《かし》げた。

誰も彼のことを知らないのだ。

シロンの弟子になれるほど才能豊かなら、必ずどこかで噂になるはずだ。

「さっき腕を組んでいるのを見たぞ……あのおっぱいに挟まれやがって……」

「うらやま、けしからん……あのシロン様に限って、どこの馬の骨とも知れない男を……」

「いや、彼女はまだ若い。道を間違えることもあるだろう。だからこそ我々が導いて……」

政治に疎《うと》い芸術家を欺《だま》し、甘い汁を吸おうとする者は多い。

シロンの弟子に向けられる視線は、既に敵意に満ちていた。

異様な空気の中で、少年の指が鍵盤を弾いた。

「『月光』か……」

だが、なぜこの選曲を。

彼女は『月光』以上に高い評価を得た曲をいくつも発表している。

しかし――。

「何と美しい……」

誰かがそう呟《つぶや》いた。

それは、研《と》ぎ澄まされた音だった。

一つずつ、一つずつ、余計なモノが削り取られていくかのように。彼の音には、彼の許したモノだけが存在している。

まるで演奏に吸い込まれていくかのように、聴衆は目を閉じていく。

そして、月の光が広がった。


演奏を終えて席を立つと、拍手が降り注いだ。

ふふふ、見たか。

これが『月光』職人の実力だ。イメトレで『エア月光』までマスターしたのだよ。

僕は聴衆に一礼して、バチバチバチバチと超高速爆音拍手を繰り出しているイプシロンの元へ戻る。

「ううっ……！　感動で涙が大洪水ッ!!　世界を魅了し『月光』の神髄を拝見できたこの瞬間を、聴衆は一生忘れることはないでしょうッ！」

うんうん、いつものイプシロンだ。

彼女はいつだって、リアクション盛り盛りの盛り上げ上手なのだ。

「月の光が降り注いでくるかのような美しい演奏でした。あなたを疑ったことを謝罪します。若き音楽家の名をお聞かせ願えませんか」

ドエムが余計なことを聞いてくる。

「彼はまだ修行中の身ですので、一人前になったときにお知らせいたします」

「ですが、皆彼のことが気になっているようですよ」

そういえば、オリアナ王国には『パトロン』という制度があるようだ。

「僕は修行中の身ですので……」

「本人もこう言っていることですし」

「残念です。素晴らしい演奏でした」

ドエムが一礼する。

ふと、ドエムのポケットの膨らみが気になった僕は、さりげない超高速ムーブでスッてみた。

それは小さな箱だ。

中を開けると――おっと、これはこれは、指輪じゃないですかドエムさん。

結婚指輪に違いない。

どうせいらなくなる物だし、質屋に売って有効利用してあげよう。

僕はイプシロンのスライムバストの陰に隠れて指輪を回収し、かわいそうなので箱だけドエムのポケットに返却した。


トラブルはあったものの、イプシロンの弟子として認められた僕は城の音楽室にいた。

「紅茶はいかがですか？」

「後でいただきます」

イプシロンの練習を手伝うふりをしながら抜け出すタイミングを窺《うかが》っているのだが、常にメイドさんたちが張り付いているからなかなか難しい。

　高速移動で突然消えても疑われるだろうし……。

「シロン様、せっかくなので城の中を見て回りたいのですが」

「そういえば、城に来るのは初めてでしたね。今後のためにも知っておいた方がいいでしょう」

　僕はこうしてイプシロンと即興の三文芝居で抜け出すことに成功――。

「でしたら、私がご案内します」

　――メイドさんの乱入により成功しなかった。

「えっと、一人でも大丈夫だけど」

「シロン様のお弟子様をお一人にするわけにはいきませんもの」

　花が咲くような笑顔で、茜《あかね》色の髪のメイドさんが寄ってくる。

「さぁ、私がご案内します」

「マーガレットはローズ様のお部屋を担当する日もあるベテランですよ」

　茜色の髪のメイドさんはマーガレットという名前らしい。

「よろしくお願いいたします」

　マーガレットさんは、ぴったりと僕に寄り添ってくる。

　ま、途中ではぐれたってことにして撒《ま》けばいいいか。

　ローズ先輩のことも聞きたいし。

「……お願いします」

「いってらっしゃい」

殺気を感じ振り返ると、イプシロンがにこやかにマーガレットさんを睨《にら》んでいた。


「ここがオリアナ城自慢の花園です」

僕は美しい花園に案内された。

冬だというのに暖かいこの場所には、色とりどりの花々が咲いている。

「地中のアーティファクトが気温を一定に保っているのですよ」

「ほーん」

王城に降り積もった白い雪と鮮やかな花々の対比は、花とか興味ない僕にも美しいと思えるものだった。

「あ、あの！　先ほどの演奏、とっても感動しました！」

マーガレットさんは振り返って僕を見上げてくる。

「いやいや、それほどでも」

「お弟子様ならすぐにでも一流のピアニストになれますよ！　いままで聴いたどの『月光』より素晴らしい演奏でした！」

「ははは、まだまだですよ」

「そんなことありません！　シロン様は厳しすぎるのです！」

「そうかなぁ」

「そうですよ！　素晴らしい実力があるのにもったいないです」

「いやーどうだろ」

「私、こっそり聞いたんですけど、あのパロトン伯爵が注目しているようですよ！　伯爵お抱えのピアニストになれば、なんと年俸一億ゼニーからスタートです」

「え、一億ゼニー!?　というか年俸制？」

マーガレットさんは花が咲くような笑顔でコクコクと頷いた。

「他にもナリキン侯爵も絶賛されていました。年俸は七千万ゼニーとパロトン伯爵に劣りますが、侯爵の開催する音楽会には音楽界の重鎮が多数出席しますので、名声を得るならナリキン侯爵ですね！」

「ふむふむ、一億ゼニーか……」

真面目に将来は音楽家ルートあるかも。

昼は音楽家、夜は『陰の実力者』、いいじゃないか。

でも『月光』以外の曲も練習しなきゃ。

「そ、それから、あの、私の実家もお勧めです！」

「実家？」

「はい!!　年俸は五千万スタートですが、父を説得して必ず七千万出させます！」

「出させるんだ」

「はい、出させます!!　私も手取り足取りサポートいたしますので、どうですか？」

「うん？」

マーガレットさんは僕の手を握ってお花畑の陰に隠れる。

そして、声を潜めて僕の耳元で話す。

「ここだけの話ですが、私はパロトン伯爵ともナリキン侯爵とも懇意にさせていただいておりますし、実家からも信頼されています。私にお任せいただければ全てうまくいきますよ」

「うんん？」

マーガレットさんは僕の腕をギュッと胸に抱きしめる。

スライム率、零％だった。

「それで、どうしましょう。もちろん、私の実家がお勧めです。いつでもすぐ隣で、私がサポートいたします」

マーガレットさんは上目遣いで小首を傾げる。

「あーでもシロン様が……」

「シロン様はかわいいお弟子様を独り占めにしたいのです。私のこと、こわーいお顔で睨んでいたのですよ」

「うーん」

「心配しないで、私に任せてください。全力でご支援いたしますから、ね？」

なるほど、これがオリアナ王国。

「そういえば、マーガレットさんはローズ王女のメイドさんなんだよね」

ヌルッと、僕はマーガレットさんの拘束から抜け出した。

今はまだ音楽家ルートに入るつもりはないのだ。

「え？　あれ、どうやって……!?」

「ローズ王女ってどの辺りにいるのかな」

「ローズ様が気になるのですか」

マーガレットさんはムッと頬を膨らませた。

「まぁ、噂の中心だし」

「私、ローズ様は嫌いです」

「あ、そっか」

「ローズ様がミドガル王国へ留学するまでお付きのメイドをしていました。少し変わっていましたけど、優しくて、頭もよくて、皆ローズ様が大好きでした。でも、だからこそ裏切られた思いが強いのです」

「裏切られた？」

「あの人のせいでオリアナ王国はめちゃくちゃになった……もう誰も、あの方が王女だとは認めていないのです」

「なるほど」

「今のは秘密ですよ」

マーガレットさんは花が咲くように笑った。

「それで、ローズ様のお部屋が知りたいのでしたね」

「うん」

「それは……秘密です」

「だよね」

もちろん簡単に教えてもらえるとは思っていない。

「教えられるわけないじゃないですか。でも……ででも、少しだけ……お弟子様だけ特別に……ね」

マーガレットさんは僕の手を握って瞳を覗き込んでくる。

顔がぐんぐん近づいてくる。息がかかるほどの距離で、マーガレットさんは囁《ささや》いた。

「ローズ様のお部屋はあの高い塔の最上階です。二人だけの秘密ですよ」

簡単に教えてくれた。

秘密の共有は詐欺テクニックの一つである。簡単に信頼を得たいときにお勧めなのだ。

「ありがとー」

「誰にも言わないでくださいね。あなただけ……お弟子様だけ……特別ですから」

そして特別感の演出もパーフェクト。

「あ、あの、ぜひ一度、私の実家にいらしてください」

「前向きに善処する所存です」

「おい、そこで何しているッ!!」

怒鳴り声に振り向くと、ムスッとした衛兵さんが僕らを睨んでいた。

手を握り見つめ合う僕たちはさぞかし目障りだったに違いない。

「そこの怪しい男、ちょっとこっちに来い！」

「か、彼はシロン様のお弟子様で――！」

「お前には聞いていない!!　おい、来いと言っているだろ!!」

衛兵さんは顔を真っ赤にして怒っている。

「呼ばれているし、ちょっと行ってくるよ。待ってて」

「ごめんなさい。何かあったら必ず知らせてくださいね。私、あの人大嫌いなんです」

「そうなんだ」

「いつも遠くからジロジロ見てきて気持ち悪いんですよ」

マーガレットさんは心底嫌そうに衛兵さんを睨んでいた。

「さっさと来いと言っている!!」

「すぐ行きまーす」

僕は小走りに衛兵さんの下《もと》へ向かった。

「こっちだ」

「はいはい」

衛兵さんに連れられて、僕は建物の陰に押し込まれる。

「俺《おれ》が誰だかわかるか？　衛兵のケビンだ」

自己紹介と同時に僕は胸ぐらを摑《つか》まれた。

「初めましてケビンさん」

「舐《な》めんじゃねぇぞ。お前、音楽家らしいな。いいご身分じゃねぇか」

「すんません」

ケビンさんは随分ご立腹のようだ。

「俺たちが国を守ってんだよ。野蛮な魔剣士と言われようが命懸けてんだよ。なのにお前らは女を侍《はべ》らして気楽なもんじゃねぇか」

「すんません」

クレーマーだ。

こういう人種には頭の中で別のこと考えながら平謝りするのだ。

「おら、かかってこいよ音楽家！　自慢の音楽で野蛮な魔剣士を倒してみせろ！」

「すんません」

居場所もわかったし、そろそろローズ先輩に会いたいな。

「はッ、情けねぇ‼　わかったか、音楽家じゃ魔剣士には勝てねぇんだ！　芸術なんてクソだ！」

「すんません」

マーガレットさんからも死角だし、道に迷ったということで抜けだそう。

「もう二度とマーガレットちゃんに近づくな‼　俺とマーガレットちゃんは愛し合ってんだよ！」

「すんませ……ん？」

「何だ、何か文句あるのか⁉」

「愛し合っている……？」

「おう!!　マーガレットちゃんと俺は愛を誓い合った仲だ！」

「いつもジロジロ見られるってマーガレットさんが……」

「俺たちはあの花園で毎日見つめ合って愛を確かめるんだよ！　俺が見つめるとマーガレットちゃんは恥ずかしそうに目を逸《そ》らすんだ！　でも俺のことが気になるからチラチラとこっちを見てくるんだ！　ああ、花のように可憐だぜマーガレットちゃん……！」

「見つめ合うだけ？」

「真実の愛に言葉など必要ない！」

「話したことは？」

「さっき話しただろ！　初めてだったが、俺の男らしさにメロメロだったな！」

「うーん……」

「おい、何か文句あるのか？」

「常識にとらわれない自由な愛の形で素晴らしいかと。これこそ真実の愛ですね」

「わかってるじゃねぇか。もう二度と近づくなよ！　マーガレットちゃんには逃げ帰ったって言っといてやる!!」

ありがとうケビン、君のおかげで自由に動き回れる。

「ひ、ひぃぃ、お幸せに～」

僕はモブっぽい悲鳴を上げてローズ先輩に会いに行くことにした。

ローズは窓辺に座り物憂《ものう》げに空を見上げた。灰色の冬空は、まるで彼女の心を映しているかのようだ。

ローズは母の無事と引き換えにドエムと結婚することを約束した。

母を守ることはできた。だがそれで、オリアナ王国は守れるのだろうか。

きっとシャドウガーデンが動く。理由はどうあれ、上官に逆らったローズは裏切りの烙印《らくいん》を押されるだろう。

そしてディアボロス教団も動く。彼らも何か企んでいる。

オリアナ王国は二つの組織が衝突する舞台となるのだ。

しかし今のローズは籠の鳥。灰色の空を見ていることしかできなかった。

「シドくん……」

挫けそうになったとき、ローズはいつも彼の顔を思い浮かべるのだ。

コツ──と。

窓を誰かが叩いた。

ローズが窓の外を覗いてみると──。

「うそ……シドくん……」

そこにいたのは、彼女が想い続けた少年だった。

ローズは頬を染めて黒髪黒目の少年を見つめる。

夢でも見ているかのようだ。もう二度と会えないと思っていた。

「ローズ先輩……」

彼の視線から熱を感じる。見つめ合うだけで熱い想いが伝わってくる。

きっと、今この瞬間、二人は同じ思いを抱いているのだ。

胸が張り裂けそうなほど高鳴る。

このまま彼を抱きしめて、二人で逃げ出したかった。

でも、だめだ。

「……早く中に入ってください。誰かに見られたら大変です」

ローズは冷たく突き放すかのように言った。

「どうして……どうしてこんな危険な真似をしたのです」

「どうしても先輩に会いたかった。だからピアニストの弟子になって忍び込んだんです」

「私のために……」

涙がこぼれ落ちそうだった。

彼はローズに会うためだけに、国を越え、高名なピアニストの弟子になり、王城に潜り込んだのだ。

想像を絶する辛い道のりだったに違いない。

並大抵の努力では、王城に出入りするピアニストの弟子にはなれないのだ。

「結婚のことで話がしたいんです」

「は、話すことなんてありません……」

愛しているからこそ、突き放さなければならなかった。

もう決して結ばれることはないのだから。彼を危険に巻き込むことになるのだから。

「結婚なんて嘘《うそ》ですよね」

彼の縋《すが》るような目を見れば心はわかる。ローズに否定してほしいのだ。

ドエムと結婚するのは嘘だと。本当は彼と結婚するのだと。

「う……嘘ではありません。私は、私の意思で、ドエム公爵と結婚します」

声が震えた。

ローズの目から、ついに涙がこぼれ落ちた。

その涙を彼に決して見られぬように、ローズは顔を伏せて涙を拭いた。

「そんな……ッ」

まるで、この世の終わりであるかのような声だった。

ローズの心が悲鳴を上げる。

愛する人を傷つけなければならないことが何よりも辛かった。

「先輩はあの日、何のために……！」

あの日、ローズと彼は愛を誓い合った。そして、その誓いをローズが裏切ったのだ。

「お願い……私のことはもう、忘れてください……ッ」

涙が止めどなく流れ落ちていく。

これ以上、彼を傷つけたくなかった。

「嫌だ……僕は絶対に諦めない」

「シドくん……」

「本当の自分を取り戻してください！　先輩は魔剣士が蔑《さげす》まれるこの国で魔剣士になったじゃないですか。周囲からは否定され、誰からも理解されず、孤独だったはずだ。でも先輩は自分の生き方を貫いた。僕も、先輩と同じです……」

「シドくんも同じ……？」

「僕も誰にも理解されない夢があったから、先輩の気持ちは誰よりもわかるんです」

彼の夢が何なのか、ローズにはわかる。言葉にしなくても通じ合うのだ。

二人は、同じ夢を見ているのだから。シドの夢はローズの夢であり、ローズの夢はシドの夢。

その夢は、二人で添い遂げること。

オリアナ王国の王女と添い遂げるなんて、口にするのもバカバカしい、下級貴族では決して届かない夢なのだ。

だけど、ローズは絶対に、彼の想いだけは否定できない。

それは、二人が愛し合っていた証なのだから。

「私はシドくんの夢を理解します……！　たとえ世界中が否定しようとも、私だけは理解しますッ!!」

「でも世間はそうは思わない。バカじゃないのか、頭おかしい、さっさと大人になれよ……これが、正常な世間の反応だった」

「たとえ誰が何を言おうとも、シドくんの夢は何よりも尊いものです……！」

「先輩……」

ローズは彼の熱い眼差しを受け止めた。

愛に言葉はいらない。それは、ただ見つめ合うだけで伝わるのだ。

「僕らは自分の生き方を貫こうとした。どんな障害があっても、誰に否定されても、貫いて生きてきた。でも、先輩は今、生き方を曲げている！」

「ま、曲げてなど、いません……」

ロースの声が揺れる。

「先輩は婚約者を刺し、父である王を殺した。なぜそんなことをしたのか、理由は聞きません。そこには自分の生き方を貫こうとした、先輩の信念があると僕は信じているから」

「シドくん……」

「でも……なぜ先輩は今になって生き方を曲げようとしているんです」

「それは……ッ」

「一度刺した婚約者と結婚するだなんて、生き方を曲げているのと同じだ！　ずっと貫いてきたじゃないですか！　なのに、どうして……どうしてこんなところで諦めるんだッ!!」

「……ッ」

ローズは何も言えずに、唇を噛《か》みしめた。

これがローズの望んだ生き方ではないことは、誰よりも彼女自身が理解している。

だが、大切なものを守るためには、犠牲にするしかないのだ……。

「私のことは忘れてください……！　私は、シドくんが幸せならそれでいいんです!!」

「僕は諦めない、たとえ世界を敵に回しても、絶対に……」

「もう話すことはありません、出て行ってください……ッ」

ローズは強引にシドを窓の外に追い出し鍵を閉めた。

そして、窓を背に崩れ落ちるように泣き出した。

これほど愛し合っているのになぜ引き裂かれなければならないのか。彼と添い遂げる未来はどうして訪れなかったのか。

ローズは残酷な現実と運命を嘆いた。

しばらくして、部屋の扉がノックされる。

「はい」

ローズは涙を拭いて扉を開けた。

「話し声がすると報告があった」

入ってきたのはドエム公爵だ。

「み、見ての通り誰もいません」

「……ふん」

ドエムはローズを押しのけて室内を探る。

ベッドの下を覗き込み、クローゼットを開け、そして窓の外を見た。

「確かに、誰もいないな」

ローズはほっと息を吐《つ》いた。

「だから言ったでしょう」

「泣いていたようだな。それで聞き間違えたか」

ドエムは赤く腫《は》れたローズの目元を指でなでた。

「……ッ！　触らないで」

ローズはドエムの手を払い除けた。

「その態度はよくない。もうすぐ夫婦になるのだから」

「形だけの夫婦です」

「立場を弁《わきま》えろ」

ドエムの平手がローズの頬を叩いた。

「……ッ」

ローズがドエムを睨《にら》み上げる。

「レイナ王妃の命がお前の態度次第だということを忘れるな」

「……はい」

ローズは唇を嚙みしめて俯《うつむ》いた。

「それでいい。大人しく結婚すればレイナ王妃の安全は保証してやる」

ドエムはローズの肩を抱く。

ローズの頬が引きつった。

「さて、結婚式のドレスができたようだ。嬉しいだろう。試着に行くとしようか」

「……はい」

ローズは唇を噛みしめて、ドエムに寄り添い部屋を出て行った。

そして……。

「……なるほど、そういうことか」

誰もいなくなったはずの室内に、黒髪黒目の平凡な少年が現れた。

彼は部屋のティーセットを勝手に使い、お茶を入れてソファーで寛《くつろ》ぐ。

「母親を人質に取られていたんだな」

足を組み、テーブルにあったお菓子を頬張る。ただの窃盗《せっとう》である。

「なら話は簡単だな。おっと、これは高級品だな。国民の血税がこんな贅沢品に使われているとは、全くけしからん」

じゃぶじゃぶとお茶を注ぎ、もぐもぐとお菓子を頬張り、彼は優雅なティータイムを終えた。

「ふぅ。オリアナ国民よ、僕が血税の仇《かたき》を取ったぞ」

そして、わけのわからないことを言い残して出ていった。

後に、全く関係ない衛兵のケビンが盗み食いで謹慎処分になる。

Not a hero, not an arch enemy,
but the existence intervenes in a story and shows off his power.
I had admired the one like that, what is more,
and hoped to be.
Like a hero everyone wished to be in childhood,
"The Eminence in Shadow" was the one for me.
That's all about it.

The Eminence in Shadow

I can't remember the moment anymore.
Yet, I had desired to become "The Eminence in Shadow"
ever since I could remember.
An anime, manga, or movie? No, whatever's fine.
If I could become a man behind the scene,
I didn't care what type I would be.
Not a hero, not an arch enemy,

二章

結婚阻止計画を実行する!

The Eminence in Shadow
Volume Four
Chapter Two

「初めてじゃない？　あなたが任務に失敗したの」

オリアナ王国の夜景を見下ろして、イプシロンはワイングラスに可憐な唇を付けた。

「申し訳ありません」

イプシロンの背後には559番、ウィクトーリアがいる。

ここはミツゴシ商会オリアナ王国支店の隣にある、ミツゴシデラックスホテルの超ロイヤルスイートルームだ。

室内には最高級のインテリアが並び、窓からは王都の美しい町並みを一望できる。

一泊百万ゼニーで貴族しか泊まれない部屋にもかかわらず、一年後まで予約で埋まっていた。

「666番についての報告は聞いたわ」

「速やかに処分すべきです」

「軽率な行動ではあるけれど、裏切りと判断するには早いでしょう」

「ですが……」

「あなたの忠誠心は素晴らしいわ。でも、やりすぎることもある。あなたにはいずれ『七陰』

に次ぐ立場になってもらうつもりでいるの。失望させないで」

「……はい」

559番は強く拳を握った。

「今回の失敗はあなたのせいだけじゃない。666番に母親のことを知らせていなかった私にも責任があるわ」

「それは……」

「まさかサイショ城砦《じょうさい》にレイナ王妃が来るとはね。あの二人を会わせたのは私のミスよ」

「そんなことは……」

「嘘《うそ》をつくつもりはなかったのだけど、知らずに終わらせてあげたかった」

イプシロンはワインを一口飲んだ。

「でもこの件はシャドウ様が引き継いだのよね……」

「はい。絶対に許さないとお怒りでした」

「そう……シャドウ様は今日666番と接触したわ」

「早いですね」

「ええ。でも処分は下さなかった」

「何か狙いがあるのですね。泳がせているのか、それともさらに深い理由が……」

「私にはわからないわ。シャドウ様にしか見えない景色があるのよ……」

イプシロンはどこか寂しげに首を振った。

「それはきっと……孤独な景色ですね」

「そうね……誰よりも孤独でありながら、誰よりも気高く戦っている。それがシャドウ様なのよ」

「シャドウ様……」

ウィクトーリアは目尻に溜まった涙を拭いた。

「666番の件はシャドウ様の判断に従いましょう。問題は遺跡で見つかった指輪ね」

「あの場で回収しておくべきでした」

559番は悔しそうに顔を歪《ゆが》めた。

「そうね。あなたの判断は間違っていなかった。あれは『鍵』よ」

「やはり教団の目的は『黒キ薔薇』ですか」

「ええ」

「速やかに指輪を回収すべきです」

「危険よ。追い詰めると『鍵』を開けるかもしれない。伝説が本当なら『鍵』が開けばオリアナ王国は……」

「『黒キ薔薇』はそれほど危険なのですか」

「かつて滅亡の危機にあったオリアナ王国が、王都を囲んでいた十万のベガルタ兵を一夜にして葬ったのはお伽話《とぎばなし》じゃないのよ」

「『黒キ薔薇』にそれほどの力が……」

「アルファ様にも報告して人員は集めているわ。準備ができたら――」

と、そのとき。

部屋の扉が開いて、バスローブ姿のシドが現れた。

「いや～いい湯だった。貸し切り露天風呂は最高だね」

彼は幸せそうに高級ソファーに座る。

「話は後にしましょう」

イプシロンは小声でそう言うと、シドに寄り添って座る。

「何かお飲みになりますか？」

「やっぱコーヒー牛乳でしょ」

イプシロンがアーティファクトの冷蔵庫から瓶を取り出す。

「お食事はどうですか？　ルームサービスを呼べますよ」

「軽く食べようかな。あ、ディナーで食べたローストビーフがおいしかった」

「ミツゴシ商会の五つ星ビーフですね。あの、サンドイッチにしてもおいしいですよ」

「あ、じゃあサンドイッチと普通のローストビーフ両方お願い。あとフルーツ盛り合わせも」

「すぐご用意いたします」

559番がベルを鳴らし従業員に伝える。

「ぷは〜温泉の後のコーヒー牛乳は最高だ」

イプシロンから瓶を受け取ったシドは一気飲みした。

「肩をお揉《も》みします」

「懐かしいね。実家にいた頃はイプシロンにお茶を入れてもらって寛《くつろ》ぐのが日課だった」

「あの頃は毎日一緒にいられましたね」

「極楽極楽〜」

シドは目を閉じて気持ちよさそうだ。

「でも本当に無料でいいの？」

「もちろんです」

「ルームサービスも？」

「もちろん、ルームサービスも無料ですよ」

「ありがとう。イプシロンがいてくれて本当によかった」

「そ、そんな……ももも、もったいないお言葉です」

イプシロンは耳まで真っ赤になって俯《うつむ》いた。

「……私は足を揉みますね」

559番もマッサージに参加する。

シドはだらけきった顔で寛いでいる。もちろんこれが彼の本当の顔でないことはイプシロンも559番も知っている。

彼は平凡な少年シドを演じているだけで、正体はシャドウガーデンの主であり、威厳に満ちたシャドウこそが本当の顔だ。

普段から自分を偽り平凡を貫くことで、誰にも悟られず自由に動くことができるのである。

だがそれでは、片時も気の休まる暇《いとま》はないだろう。

だから、この瞬間だけでも安らぎを感じてほしくて、イプシロンは彼に寄り添い尽くすのだ。

「例の件だけど――」

イプシロンの想いとは裏腹に、シドは仕事の話を切り出した。イプシロンは少し悲しい気持ちで、彼の頭にスライムを押しつけた。

「思ったより早く片付けられそうだ」

「まぁ、まだ初日ですよ」

「潜入も調査も実に簡単だった。後は原因を排除するだけでミッションは終わるだろう」

「では、彼女の件は解決ですね」

「ああ、僕の手にかかればこんなものだ」

その自信に満ちた言葉に、イプシロンはうっとりと頬を染めた。

「さすがですシャドウ様。まさか初日で全てを見抜き解決の道筋を描くとは……」

「当然だ。これは僕にしかできない、神をも脅かす偉業なのだから」

「か、神をも脅かす――ッ！　それほどの領域に到達しておられたとは、このイプシロン、感服いたしました！」

「ふん、神など指先一つでダウンさせてやろう」

「ゆ、指先一つで――ッ⁉　なんということでしょう‼」

「ふふふ……機会があれば見せてやろう」

誰にもできないことを平然とやってのける、これこそがシャドウ様なのだ！

イプシロンと559番はキラキラと瞳を輝かせた。


僕は清々しい朝日を浴びながら王城に向かった。

昨夜はスイートルームに無料で泊まれて最高だった。

朝食はバイキング形式で大満足、朝風呂にサウナにマッサージに至れり尽くせり。

やはり持つべきものは友達だが、話によるとミツゴシ商会で富裕層向けのビューティーサロンを開くらしい。僕はそのお試しみたいなものなのだろう。

どうせ僕が話したエステとか美容整形が元ネタなんだろうな。それでがっぽり稼ぐ気に違いない。

「いいさ、僕にはお金では買えない幸せがあるんだ」

決して負け惜しみではない。

さて、今日はイプシロンの仕事が午後かららしく僕一人で行動だ。

昨日の調査でローズ先輩は母を人質に取られて従わされているだけだと判明した。つまりレイナ王妃を救出すればローズ先輩は覚醒しドエムをぶち殺し覇王になるのだ。

万事解決である。実に簡単なミッションだった。

「まずはレイナ王妃の居場所を探して……」

最高の救出シーンを考えるのだ。『陰の実力者』として暗躍し伝説の覇王を誕生させるのだ。

「ふふふ……」

イプシロンの弟子効果で顔パス入城した僕は、皆に挨拶されながら音楽室へと向かう。一応、今日はピアノの調律をすることになっているのだ。

しかしさすが芸術の国である。たかが弟子の設定である僕がここまで注目されるとは思わなかった。

「お弟子様……！」

音楽室の前にマーガレットさんがいた。彼女はタタタ、と小走りに寄ってくる。

「昨日はご無事でしたか⁉」

「うん無事」

「心配で眠れませんでした。あの衛兵のせいで……ッ」

「いやーははは」

「お怪我《けが》はありませんか、まさか指を痛めたりとか。もしそうだとしたらあの気持ち悪い衛兵を永遠の眠りに……」

「大丈夫大丈夫」

「よかった。お弟子様の指は衛兵の命より重いのですから」

「それはさすがに」

「でも、安心してくださいね。あの気持ち悪い衛兵はもういませんから」

「うん？」

「盗み食いをして配置換えになったんです。私が告発したんですよ！」

マーガレットさんはニッコリだ。

「盗み食いをしたのか、なんて悪い奴だ」

「気持ち悪い目で見てきたのは隙を探っていたに違いありません。だから犯人はあいつだって言ってやったんです」

「ん？　盗み食いを見たんじゃないの？」

「見てないですけどぉ……あいつに決まってますから、皆に頼んで口裏合わせたんですよ」

「あ、そうなんだ」

「ローズ様のお部屋でお茶とお菓子を食い荒らした極悪人なんです」

「そいつはひどい奴だ」

ん？

そういえば昨日似たようなことをした気が……いや、気のせいだな。

「はい、お弟子様のために頑張りました。お弟子様は私がお守りいたしますからね」

「ありがとね」

「それで……本日はシロン様とご一緒ではないのですか？」

パタン、と。

マーガレットさんは音楽室の扉を閉めた。

「そうだね」

「でしたら、パロトン伯爵とお会いになってはどうでしょう？」

じり、じり、と。

マーガレットさんは詰め寄って来る。

「どうしようかな」

僕は高度なフットワークで床を滑るように後退する。

「何で⁉　距離が縮まらない⁉　ナナナ、ナリキン侯爵ともアポを取れますよ！」

「僕はまだ半人前だからなー」

「そ、そんなことありませんわ！　くッ、速い！　でも速さだけじゃない、なんて滑らかな無駄のない動きッ！」

「いやいやそれほどでもー」

「シロン様はお弟子様を不当に扱っているのです！　このままではお弟子様の才能が潰されてしまいますわ。くッ、距離が……ですが私もメイドとしての意地があります！」

マーガレットさんは息を切らせながらも諦めない。

「うーん」

「――誰が誰の才能を潰すのかしら？」

ギィー、と。

音楽室の扉が開きイプシロンが現れた。

マーガレットさんは一瞬だけ笑顔を硬直させたものの瞬時にリカバリして一礼する。

「これはこれはシロン様。本日は午後からのご予定では？」

「午後からの予定だったのだけど、かわいい弟子の仕事を誰かが邪魔していないか心配で」

「それは無用な心配でございましたね」

「いいえ、心配してよかったわ」

二人は同時に腕を組む。

そして謎の沈黙が音楽室を支配した。

「弟子と二人で仕事の準備をしたいのだけど」

「でしたら紅茶をご用意いたしますね」

「脳ミソお花畑の小娘には、はっきり言わないとわからないのかしら」

「お花畑でしたら王城の花園にございますよ?」

「頭の中にお花が咲いてるあなたに教えてあげる。邪魔だから、さっさと出ていきなさい」

「あぁ恐い、助けてお弟子様!」

マーガレットさんはカサカサと僕の背後に移動して、

「見ましたか、あれがシロン様の本性ですわ」

こっそり僕に耳打ちした。

「聞こえているわよ」

「私はいつだってお弟子様の味方ですからね。それでは、今日のところは失礼いたします」

こうして、マーガレットさんは形勢不利を悟り撤退していったのだった。

「全く、これから戦争が始まるかもしれないのに気楽ね」

イプシロンはため息を吐《つ》いた。

「何か緊張感ないよね」

「貴族は暴力を嫌い芸術を愛す。それがオリアナ王国の歴史なのです。『黒キ薔薇』のせいで……」

「『黒キ薔薇』か……ぜひ見たいものだ」

花園には黒い薔薇はなかったはず。

「――ッ⁉　まさか『黒キ薔薇』を見るおつもりですか⁉」

「もちろんだ」

せっかくオリアナ王国に来たんだし珍しい黒い薔薇があるなら見ていきたい。

「ですが……完全に破壊……しかしあまりに危険……でもシャドウ様なら……」

イプシロンが突然意味不明なことを呟《つぶや》きだした。

「イプシロン、どうかした？」

「いえ、何でもありません。それが、シャドウ様の選択なら……」

「もちろん、黒い薔薇を見るのが僕の選択だ」

「――ッ！　御意のままに‼」

イプシロンは跪《ひざまず》いてそう言った。

さすがイプシロン、黒い薔薇を見に行くだけでいちいち大げさである。

「ところで、レイナ王妃の部屋ってどこにあるかわかる？」

「レイナ王妃の？　なるほど、そういうことですか」

イプシロンは意味深に微笑む。

「うんうん、そういうこと」

「レイナ王妃のお部屋でしたら――」

僕はレイナ王妃の部屋を教えてもらうと音楽室から抜け出した。さて、ついでに黒い薔薇を探してみよう。


黒い薔薇は見つからなかったけど、レイナ王妃の部屋はすぐに見つかった。

意外にも監視されている様子はなく、窓から覗《のぞ》くとレイナ王妃とドエム公爵がいた。

「ん……？」

何か話しているが様子がおかしい。

「ドエム……まだ私たちの愛は認められないの？」

「もう少し待ってくれハニー。結婚式を終えればローズは用済みさ」

「本当はあの子と結婚したいんでしょう」

「愛しているのはハニーだけだよ」

「ローズはすぐに殺して、私と結婚すると約束して」

「もちろんさ、ハニー」

そしてドエム公爵とレイナ王妃は熱い口付けを交わした。

おーまいごっど。

「ハニー、時間だ。私はもう仕事に行くよ」

「あなたはいつもそう。そう言ってあの娘の所へ行くつもりでしょ。でも、もうしばらくの辛抱だし我慢してあげるわ。今夜も来てくれるのでしょう？」

「もちろんさ、ハニー。また今夜」

部屋を出て行くドエムを、レイナ王妃は名残惜《なごり》しそうに見送った。

僕はそっと窓から離れて呟いた。

「……あかんやつだ」

ドエムとレイナ王妃はグルだったのだ。

つまりレイナ王妃を救出しても意味がない。

どうしよう……そうだ！

「先輩に教えてあげればいいんだ！」

そう、騙《だま》されていたと気づけば怒りの炎が燃え上がり奮起するに違いない。

計画はこうだ。

シャドウ姿でローズ先輩を連れ去って、今夜密会する二人の様子を見せるのだ。

「──真実を見せてやる、とか言ったりして」

全ての真相を知る『陰の実力者』だ。

そして母に裏切られた怒りでローズ先輩は覇王に覚醒する。

「目覚めよ──終焉《しゅうえん》の覇王よ。とか言ったりして。フフフ……これぞ完璧な計画」

というわけで、ひとまず撤収して夜を待つことにしたのだが。

「お、あれはイプシロン」

暇つぶしに黒い薔薇を探しつつ王城を探索していると、音楽室にいるはずのイプシロンを見つけた。

気配を消してこっそり何かしているようだ。

僕も気配を消してイプシロンの背後に近寄ると、彼女は扉をピッキングしているようだった。

「……開いた」

「そこまでだ」

僕は鍵を開けた瞬間イプシロンに声をかけた。

イプシロンは瞬時に戦闘の構えに移るが、僕の顔を見るとほっと息を吐いた。

「さ、さすがシャドウ様……全く気配を感じませんでした。空気と一体化するほど自然でまるで森羅万象神の如き絶技、感服いたしました」

うんうん、いつものイプシロンである。

「それで、何をしていた」

「それは……」

言い辛そうに顔を背ける。きっと金目のものを盗むつもりなのだ。

「例の『鍵』がどこにも見つからないのです。ドエム公爵が持っていると思い調査をしたのですが、彼が持っていたのはダミーのケースで、いったいどこに隠したのか……」

鍵が見つからないからピッキングで鍵を開けているということか。

無茶苦茶な理屈である。

「在処《ありか》だけでも知っておかないと問題があったときに対処できません」

「もう鍵を探す必要はないだろう」

「……ッ！　まさか、もう!?」

イプシロンが驚いた顔で聞いてくる。

「――当然だ」

ピッキングで開けたんだからもう鍵が必要ないのは当たり前だ。

「さすがシャドウ様です、既にそこまで……いったいどれほど先を見抜けばそれほどの……まさに神眼と呼ぶに相応《ふさわ》しいです、いえそれ以上の……世界一尊いシャドウ様にお仕えできて私は世界一の幸せ者でございます！」

当然のことを言っただけでこのリアクション、こちらこそさすがイプシロンである。

「それでは、既に準備は終えているのですね」

「準備……？　当然だ」

今夜の準備は万全だ。ローズ先輩に真実を告げるのだ。

「では、私も戻って仕事を進めます」

「それがいいだろう」

僕はイプシロンと王城を後にして、ホテルで夜までゆっくり寛ぐことにした。

ローズは茜色の髪のメイドがお茶を入れるのを緊張した面持ちで待っていた。

カップに口を付けると華やかな香りが広がる。

「……おいしい。ありがとう、マーガレット」

「……」

マーガレットの返答はなかった。

彼女はローズを無視して淡々と仕事をこなしていく。

その背中を、ローズは悲しそうに見つめた。

「あの、マーガレット……」

「ご用がないなら、下がってもよろしいでしょうか」

「えっと……ぁ」

言い淀《よど》むローズに背を向けて、マーガレットは部屋を出て行った。

パタン、と扉が閉まりローズはため息を吐く。

ローズとマーガレットは幼い頃から一緒に成長してきた。ローズはマーガレットの花が咲いたような笑顔が大好きだった。

しかし、その笑顔がローズに向けられることは、もうないだろう。

でも大丈夫。

父のためにも、母だけは助けると決めたのだ。

一人きりの室内に、冷たい夜の風が流れ込んでくる。

「窓は締めたはず……」

もしかして、また彼が来たのだろうか。

ローズの胸が高鳴った。もう会ってはいけないのに、心は期待してしまう。

「シドくん……？」

彼の名を呼び、窓辺に寄った。

そのとき、部屋の灯りが消えた。研《と》ぎ澄まされた気配が、異質な存在を告げる。

違う——彼じゃない。

月明かりの下で、漆黒のロングコートがはためいていた。

「シャドウ……様」

呆然《ぼうぜん》と、ローズは呟いた。

それは、シャドウガーデンでは遙《はる》か雲の上の存在だった。緊張で手に汗がにじんでくる。

「私を、殺すのですか……」

裏切りの処分だろう。

まさか直接彼が来るとは思っていなかった。

「ごめんなさい……」

ローズはシャドウに大きな恩がある。幾度も危機を救い、支えてくれたのだ。

それを仇《あだ》で返すようなことになってしまったことが、ただ悲しかった。

しかし、シャドウの言葉は意外なものだった。

「――真実を見せてやろう」

低い声でそう言って、彼はその手をローズに差し出したのだ。

「真実……？」

「――摑《つか》まれ」

仮面の奥で赤く光る瞳が、ローズを見据えている。

拒否することはできなかった。


ローズはシャドウに連れられて、王城のバルコニーに降りた。冷たい夜風が通り抜けていく。

「ここは……」

母、レイナ王妃の寝室だ。

「――その先に真実がある」

「真実……？」

それは、どういう意味なのだろう。

緊張と不安がこみ上げてくる。ローズは震える瞳で部屋の中を覗いた。

「え……ッ」

そこには衝撃の光景が広がっていた。

淡い暖炉の光で照らされた寝室で、ドエム公爵とレイナ王妃が抱き合っていたのだ。

呆然と、ローズは立ち竦んだ。

「どう……して」

レイナ王妃に嫌がるそぶりはない。むしろ喜んでドエム公爵を受け入れていた。

彼らの話し声が窓の外に漏れてくる。

「もうすぐオリアナ王国が手に入るのね」

「ハニー、君のおかげだよ」

「バカな夫にクスリを盛った甲斐があったでしょ。いい操り人形になってくれた」

「殺されなければもっと役に立ったのだがな……」

「だからローズを最初に殺しておくべきだったのよ。アレが後継者になったせいで余計な手間が……」

続きはもう聞きたくなかった。

ローズは後ずさり窓から離れた。カーテンの隙間から熱い口付けを交わす二人が見える。

「うそ……」

全身がカタカタと震えている。視界が歪み、世界が揺れているかのようだった。

「──これが真実だ」

「うそ、こんなの……違う……お母様はこんな……」

弱々しい足取りでバルコニーの手すりに寄りかかる。

「──真実を受け入れろ」

シャドウの声がどこか遠くから聞こえてくる。

「い……いや……」

「時は満ちた──」

意識が遠のいていく。

「その目で何を見た──その手で何を握る──」

「あぁ……ッ」

「反逆の刃を解き放つの──」

薄れゆく意識の中で、全てが繋《つな》がったような気がした。だから、あのとき母は教団に従っていて……そんな母を559番は殺そうとしたのだ。

そして、全てを理解した瞬間、糸が切れたかのようにローズは崩れ落ちた。

バルコニーに蜂蜜色の髪が広がるのを、シャドウは不思議そうに見下ろした。

「え……気絶？　これからいいとこなのに？」

ローズに反応はない。

「どうしたの？　大丈夫？」

肩を揺すっても反応なし。

「裏切り者が目の前にいるよ？　ぶち殺すチャンスだよ？　協力するよ？」

冷たい風が虚しく通り過ぎていった。

シャドウは首を傾《かし》げ、天を仰ぎ、それから白いため息を吐く。

「はぁ……僕の計画が……」

彼はローズを抱えると、肩を落としてバルコニーから飛び降りた。

いつ、道を間違えたのか。

あるいは、何もかも最初から間違えていたのかもしれない。

ローズの脳裏に、父の死に顔と、兵士たちの死に顔が蘇った。

自分は何のために戦っていたのだろう。

彼らは何のために死んでいったのだろう。

そして父は何のために……。

ドエムと口付けを交わす母を見て、ローズは全てを否定されたような気がした。

そして気がつくと――自室のベッドで天井を眺めていた。涙の跡を新しい涙が流れていく。

「帰りたい……」

ミドガル魔剣士学園での日々を思い出す。

何も知らないあの頃に戻り、彼と幸せになれたら――。

「シドくん……」

自分は何がしたかったのだろう。

何のために頑張っていたのだろう。

父を殺《あや》めたあの日から、少しずつ歯車がズレていった気がした。

オリアナ王国のため、父のため、母のため、そして自分のため。それは全てが本当であり、全てが嘘であるように思えた。

真実はどこにあるのか、何もわからない、もう終わりにしたい。

そう思ったとき——。

美しいピアノの旋律が響いた。

「『月光』……」

それは忘れもしない。ミドガル王国の地下で、かつてシャドウが弾いた音だ。

しかし今、窓辺のピアノで『月光』を奏でているのは彼ではない。

黒髪の平凡な少年だった。

「シドくん……？」

もしかして、まだ夢を見ているのだろうか。

ローズはふらふらと歩み寄り、その手で彼に触れようとした。

ローズの手が、彼の頬に触れて、演奏が止まった。

夢でも幻でもなく、彼はそこにいた。

「シドくん……一緒に逃げませんか」

きっと、彼は自分を連れ去ってくれる。誰も知らない遠くの世界まで。そこで二人は添い遂げて、幸せな家庭を築くのだ。

ローズは父を殺め、母には裏切られ、シャドウガーデンを裏切り、そして国民からは見捨てられた。

でも彼だけは、最後まで一緒にいてくれた。たとえ何があっても、いつまでも一緒にいてくれる……そう思った。

だからもう、彼だけがいればいい。

「シドくん……」

ローズの指先が彼の唇に触れて、そして黒い瞳と目が合った。

彼の瞳は夜の闇のように黒かった。

「僕はこの曲が好きなんだ。世界がずっと、見やすくなるから」

月明かりの下で、彼は静かに語り出した。

「世界が見やすく……？」

彼が何を伝えようとしているかわからなかった。

「僕は世界を二つに分けたんだ。大切なモノと、そうでないモノに」

「……なぜ？」

「そうしなければ叶わない夢があったから。時間は有限だ。労力も有限だ。だから大切なモノに全てを注ぎ、それ以外のものを切り捨てたんだ」

ローズには思い当たる節があった。

彼はローズのために全てを切り捨てたのだ。

ローズのために国境を越え、血の滲《にじ》むような努力でピアノを学び、そして王城に忍び込んだのだ。

行動が彼の心を物語っている。

でも彼は決してそれを言わない。

ローズに余計な重荷を背負わせたくないから。

真実の愛にローズは涙が滲んだ。

「でもね、それをするのは簡単じゃなかった。雑音が多すぎたんだ。雑音が世界を濁らせて、大切なモノを隠してしまう。何が大切なのか、人は簡単に見失ってしまうんだ」

そう語る彼の瞳は、まるで吸い込まれていくかのように深い。

「僕が思うに、世界は少し明るすぎる。だから、いろんなものを見せてくれる。だけど、いろんなものが見えすぎて、大切なモノを見失ってしまう——今の君みたいに」

「私は……」

ローズは大切な父を殺し、大切な母に裏切られた。

大切とはいったい何だったのだろう。

ローズにはわからなかった。

「僕らは驚くほど簡単に、何のために生きているのか忘れてしまう。だから……」

そして、彼は夜空に浮かぶ月を見上げた。

「月の光に照らされた世界が、僕らにはちょうどいい。皆目を凝らして、大切なモノを見失わないようにするから。僕らは月の光の下で、大切なモノだけを見ていればいいんだ」

そして、彼の指が『月光』を奏で始めた。

柔らかな月の光が世界を照らしている。

美しい旋律が耳に入っていく。

そして全身に、心に、染み渡るように響いていった。

「月に照らされたこの世界で、君には何が見える」

その言葉を残して、彼の気配は消え去った。

まるで、月の光が見せた幻だったかのように、ピアノの前には誰もいなかった。

「シド……くん？」

だけどそれは、決して幻ではない。

月光に照らされたピアノの椅子で、小さなリングが光っていた。

——結婚指輪だ。

「シドくん……ッ!!」

ローズはその指輪を胸に抱きしめた。

紋様は芸術的で微かな魔力さえ感じるアンティークだ。どれほど高価だったか想像もつかない。彼が真剣に選んでくれたことが伝わってきた。

彼は必死に伝えようとしていたのだ。かけがえのない、真実の愛を……。

「私は……」

ローズは月を見上げた。

「私に見えるのは……」

月の光はどこまでも優しかった。


「指輪を落としてしまった……！」

僕は露天風呂に浸かりながら嘆いた。

ショックだ。

ポケットに入れたまま忘れていたらいつの間にかなくなっていたのだ。さっさと質屋に売ればよかった……いくらになっただろう。

「はぁ……まいっか」

どうせ拾い物だし。

気持ちを切り替えて夜空を見上げると、雪が舞い降りてきた。

「ふぃ〜いいい湯だな」

ローズ先輩には僕なりの説得をした。

誰に何を言われようとも僕が『陰の実力者』を目指したように、彼女に獅子の心があるならば、必ず立ち上がり反逆の狼煙《のろし》を上げるはず。

後は彼女に委ねよう。

しかし、もし立ち上がらなければ……。

「結婚式に乱入しよう」

うん、それがいい。

結婚式に舞い降り意味深な言葉を告げ王女を連れ去る陰の実力者──。

「ミツゴシデラックスホテル自慢の『天空の湯』はいかがですか」

イプシロンが入ってきた。もちろん貸し切りである。

「雪が風流だな」

風流ってそもそもどういう意味か知らないけど使ってみたかった。

「お背中お流ししましょうか」

「もう流したから大丈夫」

「う……残念です」

ちゃぷん、とイプシロンが僕の隣に浸かる。

彼女の白い素肌が見えて、僕は戦慄した。

「なん……だと」

彼女のスライムボディは、本物の肌と見間違うほど進化していたのだ。

思わず二度見した。

「ふふふ……少し、恥ずかしいです」

「失礼」

しかし、同じ魔力を探求する者として、賞賛せずにはいられない。

素晴らしい魔力制御、そして形状変化、さらに質感調節、よくぞここまで辿り着いた……ッ。

「見事だ、イプシロンよ」

「はい？」

それ以上言葉はいらない。

この世界には言葉にする必要のないことがあるのだ。

「雪がきれいですね」

「うむ」

僕らは並んで雪景色を楽しんだ。

「今日、想定外のことがあった」

世間話感覚で今日あったことを話すことにした。

「まぁ……お怪我はありませんか」

「問題ない」

「さすがですわ、シャドウ様に敵う存在など世界中探しても存在しませんもの」

「だが、奴にもし立ち上がる力があるならば、反逆の狼煙を上げるだろう」

「そこまで読み切っているのですね……ッ！」

「——決戦は結婚式だ」

湯船に映った月を、魔力の刃で切り裂いてみた。

衝撃で水飛沫《しぶき》が舞い上がり、月明かりが反射して輝く。


「獅子が——覚醒する」


そして、僕は意味深な微笑みを浮かべた。彼女は必ず覚醒しドエムをぶっ殺すのだ。

ふふふ、皆驚くに違いない。

「決戦は結婚式ですね、手筈《てはず》を整えます！」

イプシロンは慌てて風呂から出て行った。

手筈って何だ。観戦の準備かな。

「僕もそろそろ出ようかな」

そして、結婚式当日を迎える――。

Not a hero, not an arch enemy,
but the existence intervenes in a story and shows off his power.
I had admired the one like that, what is more,
and hoped to be.
Like a hero everyone wished to be in childhood,
"The Eminence in Shadow" was the one for me.
That's all about it.

The Eminence in Shadow

I can't remember the moment anymore.
Yet, I had desired to become "The Eminence in Shadow"
ever since I could remember.
An anime, manga, or movie? No, whatever's fine.
If I could become a man behind the scene,
I didn't care what type I would be.
Not a hero, not an arch enemy.

三章

結婚式に突入せよ！

The Eminence in Shadow
Volume Four
Chapter Three

ドエム公爵は式場の様子を二階から見下ろしていた。

「警備は万全か？」

「はい」

「油断するなよ。シャドウガーデンが動くかもしれない」

一礼して立ち去っていくのは、騎士に扮装した教団のエージェントである。

サイショ城砦《じょうさい》がシャドウガーデンに襲撃された報告はドエムにも届いている。

悟られないよう慎重を期して動いたというのに、一歩間違えば『継承の指輪』を奪われるところだった。

シャドウガーデンはドエムにとって忌々《いまいま》しい存在だ。

ブシン祭での計画もシャドウによって阻止され、そのせいで随分と遠回りすることになった。

教団もシャドウガーデンの壊滅にようやく本気になり始めたが、シャドウの実力を目《ま》のあたりにしたドエムにしてみればまだ危機感が足りない。

だからシャドウガーデンの拠点を突き止められないのだ。

シャドウガーデンについて、教団の持つ情報はあまりに不足している。ドエムはそれを、教団の怠慢であると断じている。

教団は未だに世界が手中にあると信じているのだ。

「だが『継承の指輪』は手に入れた。あとは私が継承権を手にすれば終わりだ。シャドウガーデンの情報もローズ・オリアナから聞き出せるだろう」

想定外のトラブルが多かった。

レイナ王妃を利用しオリアナ国王を傀儡《かいらい》にしたまでは順調だったが、国王は危険を察し『継承の指輪』に細工していたのだ。『継承の指輪』の主はローズ・オリアナに変更されていた。ドエムは彼女と結婚しなければ『継承の指輪』の主になれなかったのだ。

「過程はどうであれ結果は上々だ。これが終われば、私もついにラウンズか……」

ドエムはオリアナ王国の仕事を成功させればラウンズの十二席になることが内定している。これも全て、ラウンズの第九席モードレッド卿《きょう》の後援があってのことだ。

この先、ドエムはモードレッド卿の派閥として教団の権力争いに加わることになるだろう。ドエムの実績はラウンズでも最下位、しばらくは従うしかない。しかし実力さえ手にすれば上位の派閥に取り入ることもできるはずだ。

教団も決して一枚岩ではない。だからこそ、成り上がる機会がある。

「この指輪さえあれば……」

ドエムは懐から小さな箱を取り出した。片時も離さず大切に保管していたこの箱の中には指輪がある。

もちろん結婚指輪などではない。『継承の指輪』だ。

ドエムは勝利を確信した笑みで箱を開けた。

「――え？」

その瞬間、ドエムの顔から表情が消えた。

箱は空っぽだった。

指輪はどこにもなかった。

「え、あれ……は？　はい？」

蓋《ふた》の裏を見て、ポケットを見て、足下を見て、そしてドエムの顔面が蒼白になった。

「ない……」

それが答えだった。

「なくした……ッ」

だが、確かに受け取ったときにはあった。この箱の中に存在した。

片時も離さず保管していたのだ。なくなるはずがないのだ。

「い、いったいなぜだ……」

指輪の在処《ありか》を知っていたのはレイナ王妃だが、彼女に指輪を奪えるとは思えない。奪う理由もない。

だとすればシャドウガーデンか？

シャドウの実力なら指輪を抜き取ることができるとでも——いや、そんなことができるのであればドエムを殺した方が早いはずだ。

だとすれば……敵は内にいる。モードレッド卿と敵対する派閥だ。

指輪だけ抜き取るという悪意に満ちた罠《わな》——ッ。

ドエムを陥れようとする魂胆が透けて見える——ッ。

「油断した——ッ」

教団の派閥争いは既に始まっていたのだ。

このままではラウンズ昇格などありえない。それどころかモードレッド卿に殺される。

「まずい……ッ」

滝のような汗が流れていく。

指輪を探すにしても、教団の人員は使えない。彼らはモードレッド卿の配下だ。この件がモードレッド卿に知られたらドエムは終わりなのだ。

絶対に、間違いなく、バレた瞬間殺される。

「ひ、一人で探すしかない……」

幸いにも『継承の指輪』はすぐ必要になるわけではない。

何とか理由を付けて、三日ぐらい受け渡しを引き延ばそう、そうしよう。

ドエムがほんの少し冷静さを取り戻したとき。

『――ドエムよ』

ドエムの脳内に、モードレッド卿の声が直接流れ込んできた。

「ひ――ッ」

いる。

モードレッド卿が近くまで来ている。

『喜べ。これが終わればラウンズの第十二席は貴様のものになるよう手を回した』

「は、はい……」

『期待しているぞ――失望させるなよ』

「は、は、はい……」

頭の中が真っ白になったドエムは、呆然《ぼうぜん》としたまま結婚式を迎えた。

ローズは王城へと続く屋外大階段を上っていた。

純白のウェディングドレス姿は美しく、誰もが思わず目を奪われるほどだった。

階段の下には多くの国民が集い見物している。歓声と罵声が聞こえてくるが気にならなかった。

階段の上では新郎であるドエム公爵が待っている。どこか落ち着きがないように見えるのは、ローズの心に余裕があるからだろうか。

この階段を上りきって、結婚の誓約をするのだ。

しかし、ローズの顔は晴れやかだった。

夜に降り積もった雪は朝になって止んだ。澄み渡った青空から暖かな日差しが降り注いでいた。

もう、迷いはなかった。

後悔もなかった。

恐れもない。

自分のすべきことを理解したのだ。

そして階段を上りきったローズはドエムの隣に立つ。

なぜか顔面蒼白なドエムを不思議に思いながら、ローズはそのときを待った。

賛美歌が響き渡り、神父が聖書を朗読する。そして、誓いの言葉が始まった。

「――健やかなるときも病めるときも、富めるときも貧しいときも、互いに愛し、敬い、慈しむことを誓いますか？」

「誓います」

まずドエムが誓った。

続いてローズに注目が集まる。

静かな風が吹き、蜂蜜色の美しい髪が流れる。彼女は風とともに微笑《ほほえ》んで、

「――誓いません」

そう告げた。

ざわめきが広がった。

「な、何を言っている――ッ」

ドエムが驚愕《きょうがく》で目を見開いて叫ぶ。

ローズは振り返って国民を見つめた。その蜂蜜色の瞳は大切なモノを見つけたかのように輝いていた。

「私は王を殺《あや》めました――」

その声は冬の空に響き渡った。

喧噪《けんそう》が引き、辺りはしんと静まり返った。

「弁解はしません。私は全てを受け入れます。罪も、過ちも、何もかもを――ですが最後に、

けじめをつけたいと思います」

ローズは純白のドレスを翻し指差した。

「――ドエム公爵、あなたを断罪します」

どよめきが嵐のように広がっていく。

「何のつもりだ、私に何の罪があると言うのだ」

「あなたには重大な背信行為がある。国王を操り、王妃を汚し、国家の転覆を企てた――国家大逆罪が」

「でまかせを言うな！　証拠はどこにある⁉」

「証拠はありません」

ローズは真っ直ぐにそう言った。それを隠すことも、恥じることもしなかった。

「おい、もうふざけるのは止めろ。人質がいるんだぞ。発言を取り消して大人しく結婚すれば許してやる」

ドエムは声を潜めて恫喝《どうかつ》する。

ローズは微笑んだ。それは誰もが見惚れるような美しい微笑みだった。

「それはできません。たとえ何があろうと、私は真実の愛を貫くと決めたのです」

そう言って、ローズが懐から取り出したのは、指輪だった。

それは愛する彼にもらった大切な結婚指輪。

ローズは頬を赤く染めて、

「な、な、なぜそれを――ッ!?」

左手の薬指に指輪をはめた。

次の瞬間、指輪が眩《まぶ》しい光を放った。

激しい光が視界を白く染め、広場のざわめきをかき消した。

「な――ッ」

そして光が収まると、空に亡きオリアナ国王の姿が映し出されていた。

「お父……様……？」

「なん……だと……！」

誰もが目を疑い空を見上げた。

『皆がこの告白を聞く頃には、私はもうこの世にいないかもしれない』

国王はまるで生きているかのように話し出した。

だが彼の姿は半透明で、背後の空が透けている。

『私の精神は日々蝕《むしば》まれている。やがて正気を失い傀儡《かいらい》となるかもしれない。だが、そうなる前に私は真実を伝えたい』

これは、オリアナ国王が残した遺言だった。

『私の精神を蝕んでいるのは薬だ。何者かが私に薬を盛っているのだ。水に混ぜられているのか食事に混ぜられているのかわからない。それ以外の方法かもしれない。妻に頼んで食事を取り換えても無駄だった。方法はわからないが……犯人はわかる。ドエム公爵だ』

注目がドエムに集まる。

「で、でたらめだ……」

『オリアナ王国は彼の背後にある強大な組織によって支配されようとしている。組織の名前は決して明かすことはできない。だが、不自然に思った者は多いだろう。ケツハット公爵家の養子でしかなかったドエム公爵が、どうやってごく短い期間でオリアナ王国の中枢にまで上り詰めたか――』

そして、オリアナ国王はドエムの手口と裏の顔を次々と暴露していった。

その卑劣な手口、悪事の証拠、傀儡となった者たち、買収した裏切り者……。

全てを話し終えると、国王は穏やかに微笑んだ。

『――私はこの国を守るために最後まで戦うつもりだ。だがもし、私が敗れても心配はいらない。オリアナ王国の未来は、私が最も愛し、最も信頼する娘に託すのだから。たとえ何があっても彼女を信じてほしい。彼女なら必ずオリアナ王国を導いてくれるだろう』

そして、国王はローズを見つめた。

それは映像であったはずだ。彼はもうこの世にいないのだ。

しかし、国王の瞳は確かにローズを見つめていた。まるで、そこに魂があるかのように、指輪から何かが伝わってきた。

そして、国王はその名を告げる。

『ローズよ――お前にオリアナ王国の未来を託す』

その瞬間、ローズは全てを思い出した。

それは父の胸を刃で貫いたとき、父が残した最期の言葉と同じだった。

父は最後まで、彼女を愛していたのだ。

「お父様……ッ」

熱いものがこみ上げてきた。

ローズの瞳から大粒の涙が流れ落ち、国王の姿が空に溶けて消えていく。

「でたらめだ……ッ！　誰がこんな茶番を信じるものか！」

ドエムの怒声が響き渡る。

「オリアナ王国の王女として――あなたを断罪します」

蜂蜜色の視線がドエムを射抜く。

「黙れ！　おい、衛兵！　この女を捕らえろ！」

しかし、命令に従う者はいない。

冷めた視線がドエムに集まっていた。

「な、何のつもりだ……ッ　なぜ動かないッ⁉」

ドエムは周囲を見回して、腕を広げ叫ぶ。

「私を見捨てると言うのか⁉　切り捨てるのか⁉　私がどれほど組織に貢献したと思っている‼」

それはまるで、見えない誰かに訴えかけるかのようだった。

「終わりにしましょう」

ローズの手が舞うように振られた。

するとウェディングドレスの一部が、純白のスライムに姿を変えて一振りの細剣を造り出す。

ローズが細剣を向ける。

「ドエム公爵——覚悟」

「舐《な》めるなッ‼　私を誰だと思っているッ！」

ドエムも憤怒の形相で剣を抜いた。

甲高い音が響き、二つの剣が衝突する。

「バカな……ッ」

鍔《つば》迫り合いの体勢で、ドエムは顔を歪《ゆが》めた。

「互角だと……⁉　いつの間にそんな力を……ッ！」

「互角では——ありません」

一合、白い細剣がドエムの剣を受け流し。

「ク……ッ」

二合、白い残像と襲いかかる斬撃が、ドエムの剣を跳ね上げて。

「速……ッ⁉」

そして三合――。

純白の軌跡が閃光《せんこう》のように輝き、ドエムの胸を貫いた。

「そん、な……ッ」

ドエムは胸に突き立つ細剣を呆然と見つめた。

「剣に迷いがありました。それでは誰も斬れません」

ローズが剣を抜くと、彼は力なく膝を突く。

「私は……ラウンズになる……男だ……こんな、ところで……」

ドエムの首に、白い細剣があてがわれた。

「無駄だ……私を、殺したところで……あの男が……」

「あの男……？」

血走った目がローズを見上げる。

「ククッ……あの男……モード……グギィィィィッ！」

その瞬間、ドエムの目が限界まで見開かれた。

ゴボッと血の塊が吐き出される。

「え……何で」

ローズは後ずさる。

ドエムの首が、切り落とされて転がった。

そのまま、階段を落ちていく。一段、二段、三段……。

「い、いやぁぁぁぁあああああッ！　ひどい！　ローズ、なんてことを‼　どうして彼をッ‼」

来賓席から飛び出したレイナ王妃がドエムの頭を拾い上げた。

「違う、私じゃない……」

ローズは否定する。

彼女以外の、何者かがドエムを殺したのだ。

誰にも気づかれずに、ドエムの首を切断したのだ。

「いったい誰が――」

周囲を見回す。

式場に異質な空気を纏《まと》う男がいた。

それは、燃えるような赤髪の男だった。彼はゆっくりと、階段を上っていた。

誰もが注目する場に居ながら、誰からも注目されていない。

「もう少し、使えると思ったが……」

彼が言葉を発したことで、初めて周囲は彼の存在に気づいた。

「な、何者だ……⁉」

衛兵が剣を抜きその男を取り囲む。

だが次の瞬間、彼らの首が落ちた。血飛沫《しぶき》とともに、観衆の悲鳴が響き渡る。

「危険です、離れて‼」

剣筋が全く見えなかった。ローズは一目見て、この男が桁《けた》外れの実力者であることを悟った。

「何者ですかッ」

「モードレッドと。そう呼ばれている」

「モードレッド……」

その名前には聞き覚えがあった。ナイツ・オブ・ラウンズの第九席『人越の魔剣』モードレッド卿に違いない。

「モードレッド卿が、何のご用でしょう」

ローズは警戒して距離をあける。

「後始末だ。無能な味方は敵よりも厄介だとはよく言ったものだな」

そう言って、彼はドエムの死体に近づく。そこには死体に縋《すが》り付くレイナ王妃がいた。

「――邪魔だ」

「お母様、逃げ――ッ」

ローズの声は間に合わなかった。

モードレッドはレイナ王妃を斬り殺し、ドエムの死体もろとも火にかけた。

不気味な、血のように赤い炎だった。

「お母様……ッ」

ローズは白い細剣をモードレッドに向ける。

しかしモードレッドは戦うそぶりを見せず冷たい笑みを浮かべた。

「――鍵は継承された」

「鍵……？」

「――ならば扉はいつでも解放できる」

「何を言って……」

そのとき、どこからか不快な魔力が流れてきた。それは息苦しくなるほど、重たく粘着質だった。

「少し危険だが――暴走させてもらった」

いつしか、辺りは暗くなっていた。

始めは太陽が雲で隠れたのかと思った。

だが、違う。空に闇が広がっていたのだ。

「これは……」

「『黒キ薔薇』は10万のベガルタ兵を一夜にして葬った……だが同時に、王都も消滅させた」

黒き闇が空を浸食していく。

闇の中心で花びらのような何かが渦巻いている。

「――これが伝説の正体。オリアナ王国の『黒キ薔薇』だ」

そして、闇が満ちた。

『黒キ薔薇』の中心から、無数の黒い塊が落ちてきて産声《うぶごえ》を上げた。

それは、誰も見たことがない異形の獣たち――。

「――証人は全て消す、それが教団の掟《おきて》。殺戮《さつりく》の宴《うたげ》の始まりだ」

「み、皆逃げて――ッ‼」

ローズの叫びで、気圧《けお》されていた観衆が一斉に逃げ始めた。

しかし漆黒の獣は凄《すさ》まじい勢いで人々に襲いかかる。

「い、いやぁぁぁぁぁぁぁあ‼」

聞き覚えのある悲鳴がローズの耳に届く。その声の先に、メイドのマーガレットがいた。

「マーガレット！」

倒れたマーガレットに、獣が喰《く》らい付こうとしている。

ローズは白い細剣を薙《な》ぎ払い、マーガレットと獣との間に割り込んだ。

獣の爪と細剣が交差し、黒い血飛沫が舞った。

「マーガレット、大丈夫？」

震えるマーガレットを抱き起こす。

「ロ、ローズ……様」

「無事でよかった。建物の中に逃げるのよ」

「は、はい！」

マーガレットは立ち上がる。

そして逃げようとした足を止めて振り返った。

「あ、あの……私、ローズ様のこと誤解してて……ごめんなさい！」

「いいのよ……早く逃げて」

「はい……！」

ローズは優しい微笑みを浮かべて彼女を見送った。

だがこの瞬間にも『黒キ薔薇』からは次々と漆黒の獣が生み出されている。

獣を一体止めるために、少なくとも十人の兵士の力が必要だ。

「このままじゃもたない……」

ローズも手近な獣を仕留めていくが、獣の数は減るどころか増えていった。

逃げ惑う人々の波に漆黒の獣が襲いかかっていく。だが次の瞬間――一斉に獣が切断された。

「やはり現れたか――シャドウガーデン」

モードレッドが鋭い視線で闇の中を睨《にら》んでいた。そこに、闇に紛れて獣を狩る漆黒の少女たちがいた。

流麗な連携で獣を翻弄し、疾風のように魔物を狩る。

「664番、665番……」

ローズにとって馴染み深い二人もいた。彼女たちは一瞬だけローズを見て微笑んだ。

そして559番、さらに——『七陰』であるベータとイプシロンが現れた。

「よく頑張ったわね」

ベータが振り返ってローズに声をかける。

「ベータ……様」

ベータは微笑むと前を向き、その隣にイプシロンが並ぶ。

「初めましてかしら、モードレッド卿」

ナイツ・オブ・ラウンズ第九席と『七陰』の二人が対峙《たいじ》した。

「『七陰』か……」

「さっそくだけど、あなたを殺す前にいろいろと答え合わせがしたいの」

モードレッドは嘲笑する。

「雑魚《ざこ》が囀《さえず》るな、貴様らごとき、相手する暇はない」

そう言って、モードレッドは懐から何かを取り出すと、それを『黒キ薔薇』に投げ入れた。

「何をしたの……？」

「呼び出したのだよ――」

「呼び出した？」

『黒キ薔薇』に膨大な魔力が集まっていく。

溢《あふ》れ出した魔力が、まるで黒い稲妻のように迸《ほとばし》る。

そして、闇空に巨大な腕が現れた。

「――第四魔界の偉大なる王『ラグナロク』を」

巨大な腕からは血のような炎が迸り、その全身が露わになっていく。

漆黒の巨体は鋼のように引き締まり、長く太い腕には鋭い爪が伸びている。

それは全身に炎を纏い、巨大な翼で漆黒の空を羽ばたいた。

「そ……そんな……まるで魔人……」

未だかつて感じたことのない重圧に、ローズは気圧されて震えを隠せなかった。

「ベータ様、あれは……」

「ええ……間違いないわ」

ラグナロクは闇空で大きく羽ばたくと、ベータとイプシロンを標的にした。

「蹂躙《じゅうりん》せよ、ラグナロク」

だが次の瞬間――青紫の閃光が闇を切り裂いた。

「何ッ——」

魔力の余波が王都を染めた。

苦痛の雄叫びが響き渡り、ラグナロクの片翼から燃え盛る血飛沫が上がる。

切断された翼は木の葉のように舞い、ラグナロクの巨体が墜《お》ちていく。

そして、闇空から漆黒のロングコートを纏った男が舞い降りた。

彼は漆黒の刃を払い、燃える血糊《ちのり》を落とす。

「——燃える蝙蝠《こうもり》とは、珍しい」

「シャドウ様！」

「貴様がシャドウ……不意を突いたとはいえ、ラグナロクの片翼を落とすか」

モードレッドの声には少なからぬ驚きが含まれていた。

シャドウはしかし、モードレッドを一瞥《いちべつ》しただけで背を向け歩きだした。

コツ、コツ——と。

ブーツが鳴り、漆黒のロングコートがはためく。

「だが、その程度でラグナロクを倒すことはできん。無駄に怒らせた——」

「——雑魚が囀るな」

シャドウはモードレッドの言葉を遮った。

「——ッ」

モードレッドの顔が歪む。

シャドウの視線は遙《はる》か彼方を見据えていた。

そこにいるのは片翼を失ったラグナロク。怪物は王都の外へ降り立っていたのだ。

シャドウは青紫の魔力を収束させ、脚を包み込むように輝きを増していった。

そのまま、彼は闇の空へ跳んだ。

青紫の軌跡が凄まじい勢いで遠ざかり、遠くで炎と交差し魔力の余波が王城まで届く。

「己の力を過信したか。愚かな男だ……ラグナロクに屠《ほふ》られるがいい」

「どちらが愚かか、すぐにわかる」

ベータが冷たく言い放つ。

「身の程を知れ。たった一人でラグナロクに勝てるものか」

「シャドウ様を知らなかったことが、あなたの不幸ね」

「身の程を知れと言ったぞ、小娘が」

モードレッドの魔力が満ちていくのを、ローズは固唾《かたず》を呑《の》んで見守った。

モードレッドは規格外の実力者だ。しかし『七陰』もまた規格外なのだ。

「少し遊んであげましょう。私たちのことも教えてあげる」

そして、刃を抜いた。

七陰の二人と『人越の魔剣』モードレッドの戦いは静かに幕を開けた。

一歩ずつ、いや半歩ずつ。

ベータとイプシロンはじりじりと間合いを詰めた。

そして、どちらからともなく停止する。

ベータとイプシロン、そしてモードレッドが三角を描くかのような位置で、まるでその先に何かがあるかのように動きを止めていた。

夜風が彼女たちの髪を揺らした。

モードレッドが唇の端で嗤《わら》った。

そして次の瞬間──。

「──ッ」

ベータとイプシロンは、同時に背後へ飛んだ。

見えない何かが空間を薙ぎ払い、イプシロンの頬に赤い傷痕を残した。その小さな傷から一筋の血が流れ落ちるのをローズは驚きとともに見つめていた。

あの『緻密』が傷を負った。

それだけでモードレッドの実力が並外れていることを物語っていた。

「成る程……それが『人越の魔剣』というわけね」

ベータがモードレッドを見据えて言った。

「いかにも。あと一歩踏み込んでいれば、胴と首が分かれていた。よく避けたと、褒めてやるべきだろうか」

「必要ないわ。ただの手品だもの」

「手品だと……?」

モードレッドの声が低くなる。

「まさか、こんなところで伝説の魔剣に巡り合えるとはね。失われた古代エルフのアーティファクト『魔剣インビジブル』。その刃は誰の目にも見えなかった……」

モードレッドは無言で、ベータを睨みつけた。

それが答えだった。

「答え合わせは必要ないわ。その魔剣からはエルフの匂いがする。滅びゆく故郷を思い、そして命を削った刀匠の嘆きが、私たちには聞こえる……」

「……戯言《たわごと》を」

「それはエルフの都にあるべきものよ。なぜあなたが持っているかは知らないけれど……返してもらうわ」

「フッ……できると思うか」

「ええ、もちろん――」

ベータが笑い、イプシロンが言葉を引き継ぐ。

「――見えない刃を操るのはあなただけじゃなくてよ」

「何？」

モードレッドが訝《いぶか》しがった、その刹那《せつな》。

何かが闇を通り過ぎ彼の髪を切り裂いた。

一房の髪が宙に舞った。

「な、これは……魔力を飛ばしたというのか……ッ」

愕然《がくぜん》としたモードレッドの声。

魔力を飛ばす。それは決して簡単なことではない。

魔力は肉体を離れると途端に制御を失い拡散していく。それを抑えるためには膨大な魔力と制御力が必要となり、さらに実戦レベルで使うとなると血の滲む努力が必要となる。

それをこの若さで。

この速度で。

この威力で。

完璧に制御するなど、到底考えられることではない。

もしそんなことができるなら、魔剣士は皆剣を捨てて魔力を飛ばし戦っているのだから。

「バカな……」

「今のは警告よ。あなたの首を飛ばすのはいつでもできる。素直に情報を吐くか、それともさんざん痛めつけられた後に情報を吐くか。好きな方を選びなさい」

得意げにハイヒールを鳴らし、イプシロンは大きな胸を張った。

「この程度で勝ったつもりか……ッ」

憎々しげに、モードレッドが奥歯を噛《か》み締める。

「私のことも忘れないでね……今さら二対一は卑怯《ひきょう》だなんて言わないでしょう?」

ベータがイプシロンの隣に並び、競うかのように胸を寄せた。


「さすが異世界、蝙蝠もスケールがでかい」

僕は燃える巨大蝙蝠と対峙しながら呟《つぶや》いた。

いろいろあって遠くからローズ覇王誕生を見守っていたらいつの間にかモンスターパニックになっていたのだ。

だが問題ない、状況は把握できている。

これは覇王誕生を妨げる闇の反抗勢力の襲撃だ。赤髪のおっさんがこの巨大蝙蝠を召喚して覇王の道を妨げようとしたのだ。

いつの時代も、人間の権力闘争は存在する。

「君、魔王みたいでなかなかカッコいいね」

と、僕は片翼を斬り落とされて激怒中の蝙蝠に話しかけた。

返答は唸《うな》り声だった。

どうやら翼を斬り落としたぐらいじゃ倒せないようだ。もう傷口が再生を始めている。その巨体は頑強で、魔力の量も桁違い。

これはまともにぶつかったら力負けするかも。

まともにぶつかるわけないけどさ。

「さて、始めますか」

『陰の実力者』としてはこいつをスタイリッシュに一蹴し、意味深な言葉を残して立ち去らなければならないのだ。

そんなわけで、僕は後ろに軽く跳んだ。

直後、鋭い爪が僕のいた空間を根こそぎ薙ぎ払った。

次は横へ跳ぶ。

振り下ろされた太い腕が、大地にクレーターを作った。

家十軒ぐらいは軽く吹き飛ばせるだろう。おまけに火災もついてくる。

ナチュラルに大災害だ。

人間がこれだけの威力を出そうと思ったら、どれだけ魔力を鍛えようと溜《た》めが必要になる。

溜めなしでこれだけの威力が出せるのが獣の凄いところである。

でも所詮《しょせん》は獣。

蝙蝠の攻撃をひたすら避けながら僕は息を吐《つ》く。

獣と正面から戦う必要なんてない。

僕は燃える蝙蝠の攻撃を避けながら情報を集めていく。

彼には何ができて、何ができないのか。

何をして、何をしないのか。

どんな状況でどんな行動をするのか、僕の行動に対してどのように反応するか。

獣の思考は実にシンプルだ。彼らは同じ状況を作れば、同じ行動を繰り返す生き物なのだ。

だが一度痛い目にあうと警戒する生き物でもある。

もちろんイレギュラーもあるが、それは考えた結果導き出された答えではなく偶然の産物にすぎない。

というわけで、僕はその偶然の産物だけ注意しながら攻撃を避けまくる。

こんな魔力バカを普通に斬ってても疲れるだけだ。

ガン待ちガン逃げスタイルが通用するのだからリスクを背負う必要もない。

そしてドッカン、ドッカンと、貴重な大地に穴ができまくるわけだ。

王都の外に蹴り飛ばして正解だった。

さて。

燃える蝙蝠の行動パターンもだいたいわかったし、そろそろ動こうかなと思ったそのとき。

僕の眼前を、蝙蝠の鋭い尾が通り過ぎ、その炎で視界が奪われた。

「あ、これイレギュラーなやつだ」

と悟った瞬間、僕は後方に飛んだ。

その直後、膨大な魔力が迫り来るのを感知し、衝撃が僕の肉体を貫いた。

バカ魔力でバカ威力、これぞ獣の理不尽さ。

魔力を防御に収束させる。

同時に、体を捻《ひね》り衝撃を受け流す。

何万回も練習した動きだ、間違えるはずもない。

そして、余裕で場外ホームランになるぐらいぶっ飛んだ。

僕は『陰の実力者』っぽく華麗に着地し、そしてダメージを確認する。

骨にも内臓にも異常なし。

「だが……前髪焦げた」

チリチリ部分を瞬時にカットし何事もなかったかのように取り繕う。
「まさか――我にこれほどの傷を負わせるとはな」
誰も聞いていないだろうが、雰囲気づくりのために僕は呟いて上空を見上げる。
すると、燃える蝙蝠は再生した翼で闇空を舞い大きく息を吸っていた。
ブレスかな?
受けてみてもいいんだけど、背後に王都あるし今回はパス。
準備はもう終わったしね。
燃える蝙蝠のリアクション調査結果――彼は微細な魔力を無視する傾向あり。
ならあとは簡単だ。
「空は我が支配下にある。その身に刻め――闇の鳥籠」
僕は微細な魔力の糸を闇空に張り巡らし、瞬時に魔力を流し込んだ。
次の瞬間、燃える蝙蝠の雄叫びが響き渡った。
無数の糸が、彼を無惨に切り裂いていく。
大量の血飛沫が舞い散り、そして落下する。
地響きとともに、彼は大地に激突した。
だが、彼の魔力は膨大だ。
いくら魔力を込めようとも、その巨体に細い糸で深手を負わせることはできない。

土埃《つちぼこり》の中から身を起こした燃える蝙蝠は、それはもう憤怒の眼光である。傷もすぐに癒えるだろう。

しかし——獣は一度痛い目にあうと警戒する生き物なのだ。

というわけで、僕は再び微細な魔力を張り巡らしていった。

燃える蝙蝠は警戒し、それを避けるように動く。

彼はもうどんな小さな魔力も無視できない。それでいて、何が原因でどうしてこうなったのか理解はできていない。

だから支配するのは容易《たやす》い。

もう終わりだ。

彼はまだ戦うつもりでいるが、彼の知能では打開できないだろう。戦いはもう終わったのだ。

「……君に『デルタ未満の知能』の称号を授けよう」

ここから先はただの作業だし、僕は『陰の実力者』らしく仕留める方法を考えた。

「そうだ、まずは腕を斬り飛ばして——」

「まさか……これほどとは……」

屈辱に顔を歪めるモードレッドを、ローズは驚愕の眼差しで見ていた。

『七陰』の規格外な実力は知っている。だがそれでも、モードレッドとの間にこれ程の差があるとはローズは思っていなかった。

「小娘ごときに……ッ」

モードレッドは膝を折り血を吐く。それを冷たい目でベータが見下していた。

「まさか、二人がかりだから負けたとでも思ってる？」

「く……ッ」

唇の端から血を流しながら彼は睨んだ。

「……結果は変わらないわ。それがわからないならば憐《あわ》れ。わかっていながら目を背けているのであれば愚か。あなたはどちらかしら」

「黙れ……ならば最初から一人で戦えばいいだろうッ」

「我々は数的優位があるのに、それを崩すような真似はしない」

そもそも、彼女は戦いにあまり興味がないのだろうとローズは思った。

それはベータの戦いを見て感じたことだ。彼女の戦いには彼女の色が希薄なのだ。

癖がないのだ。そして探究もない。教えられたことを極めて忠実に、確実にこなしている。

シャドウガーデンではシャドウが編み出した戦闘術を体系化して教えている。それを最も忠実に再現しているのが『堅実』のベータなのだ。

根本的に戦いに対する興味が薄い。

だからそれで満足するし、それ以上を求めようとしない。彼女が興味を持つのはおそらく文学的な——。

「まだだ……まだラグナロクがいる」

「そうね」

くすっ、と。

ベータの隣でイプシロンが笑った。

「それがあなたの希望なら待ちましょう。シャドウ様との戦いが終わるまで」

「……どういうつもりだ」

「理由は二つ。一つは、我々がシャドウ様の勝利を確信しているということ」

「……愚かな」

今度はモードレッドが笑った。嘲《あざけ》るように。

「もう一つは最初に言ったでしょう。答え合わせがしたいのよ。『黒キ薔薇』のこと、魔物のこと、そして……ディアボロスのこと」

「教えると思うか？」

「あなたがラグナロクの勝利を確信しているのなら、教えても問題ないでしょう」

ベータとモードレッドは視線を交わらせた。互いに、探り合うかのように。

そしてベータが黒い刃をモードレッドに向けると。

「いいだろう……知ったところで、ラグナロクに焼き尽くされるのだから」

少しの沈黙の後、モードレッドは語り出す。

「私たちが今いる世界の外に、無数の異なる世界があることは知っているか？」

「宇宙の話ではないわよね」

「全く別の次元の話だ。私たちはそれを魔界と呼んでいる」

「魔界ね……」

「この世界の外には無数の世界がある。地の果てまで氷の世界、生物の住めない毒の世界、燃え盛る炎の世界、光も色も何もない虚無の世界、そして……強大な魔物のいる世界」

「その魔物のいる世界が魔界だと？」

「いや、外の世界全てが魔界だ」

ベータは頷《うなず》いて続きを促す。

「全ての魔界は、ある一点を中心に周回しているのだ。そして私たちの世界もその周期上の一つにある」

「中心には何が？」

イプシロンが尋ねた。

「さぁな。神でもいるのだろう」

モードレッドはイプシロンを一瞥して首を振った。

「つまり、観測できなかった」

「……そういうことだ。だが中心に何があるのかはさほど問題ではない。問題は無数の世界が周回しているということだ。ぐるぐると、長い年月をかけて回り続けているのだ」

モードレッドは指で二つの円を描き、そしてそれを近づかせていく。

「どかん、と」

そう言って、彼は二つの円を接触させた。

「無数の世界は時として衝突する。その衝撃で世界に亀裂が走り、異なる二つの世界が繋《つな》がる瞬間がある。その結果、二つの世界が干渉する」

「世界が繋がり、干渉する……」

ベータは嚙み締めるかのように呟いた。

「例を挙げよう。我々が一千万年前の地層を調べた結果、当時魔力は存在していなかったことがわかった。この世界の、どこにもな。いったい魔力はどこから来たのだろうか」

「……魔界というわけね」

「おそらくな。魔力は何もないところからある日突然生まれたわけではない。外の世界から来たのだよ。魔界と接触したこの世界に大量の魔力が流れ込んだ。その結果、この世界の生態系は急激に変わった」

「それが竜の衰退に繋がったというわけね」

モードレッドは片眉を上げて頷いた。

「その通りだ。遙か昔この世界は竜たちが支配していた。現在の竜とは違う古竜と呼ばれる存在だ。しかしある時代を境に彼らは衰退していった。それがちょうど一千万年前……魔界から流れ込んだ魔力に彼らは適応できなかった。そして、適応できた者たちが竜に代わり繁栄していった。それが、我ら人間だ」

『七陰』の二人はモードレッドの話を頷きながら聞いていた。

おそらく、彼女たちはおおよそのことは知っていたのだろう。だから「答え合わせがしたい」と言ったのだ。

しかし何も知らないローズは、話についていくのがやっとだった。

「魔界からもたらされたものはそれだけではない」

「魔物ね」

モードレッドは頷く。

「魔物はいったいどこから来たのか、二つの説がある。一つは学界でもよく知られた説。この世界の動物たちが魔力によって進化した説だ。だがこの説にはいささか疑問が残る。動物と魔物は生物学的に全くの別物だ。果たして魔力に適応しただけで動物は魔物になるのだろうか」

「無理そうね」

「魔物は私たちとは全く別の理屈で生きている。魔物と動物は生きる法則が根本的に違うのだ。そして、外から来たのは魔物だけではない。もしかしたら我ら人間も、また別の魔界から来た生物かもしれない」

「え……人も？」

ベータが初めて驚きの表情を見せると、モードレッドは得意げな笑みを浮かべた。

「人という存在にもまだ多くの謎が残されている。これほどの知能を持ち繁栄した種族はこの世界で人だけだ。人だけが、この世界で異質なのだ。果たして私たちは本当にこの世界の住人なのだろうか？」

モードレッドの問いに、誰も答えられなかった。

「我々の世界には魔界から様々なものが送り込まれている。だが逆に、我々の世界から魔界へ流出しているものもある」

「――神隠し」

「そうだ。遙か昔、一つの王国が忽然《こつぜん》と姿を消した。アトランティスと呼ばれたその国はどこへ消えたのだろう」

「……魔界ね」

「そう考えるのが自然だ。もう理解できただろう。我々の世界と魔界は周期的に接触し、そして干渉しあっているのだ。そして教団はそれを観測しているのだよ」

「なら魔人ディアボロスは魔界から来たのかしら」

「少し違う。魔人ディアボロスは正真正銘この世界で生まれた存在だ。しかし、オリジナルは違う」

「オリジナル……？」

「魔人ディアボロスの元となった生物だよ」

「やはり……そういうことなのね」

ベータとイプシロンの視線が険しくなった。

「クク……オリジナルのディアボロスは魔界から訪れた。私たちはそれを観測し、その世界を第一魔界と呼んでいる」

「第一魔界……」

「それより格下だが、ラグナロクは第四魔界の王だ。これでわかっただろう、奴は人が勝てる相手ではないのだよ」

嘲るように、モードレッドは言った。

「さて……答え合わせをしてやろう。『黒キ薔薇』とは何なのか」

『七陰』の二人は視線を合わせて確かめ合い、ベータが口を開いた。

「『黒キ薔薇』は魔界とこの世界を繋ぐゲートね」

「――その通り」

モードレッドは不快な笑みを浮かべながら拍手した。

「『黒キ薔薇』は十万のベガルタ兵を一夜にして葬った。しかしそれは全くの偶然だった。たまたまその瞬間、世界が接触し魔物が流れ込んだだけだ。ベガルタは不幸だった。だが、オリアナ王国もただでは済まなかった。ベガルタ兵を葬ってもなお、ゲートからは魔物が溢《あふ》れ出しオリアナ王国を食い荒らしていった。あのままでは、オリアナ王国は文字通り消滅していただろう。誰かがゲートを閉じなければならなかったのだ」

「そしてディアボロス教団がオリアナ王国を食い物にした」

「そこまで知っていたか。だが言葉が悪い。我々がゲートを閉じてやったというのに。オリアナ王国は、我々教団が救ってやったのだ。そして『黒キ薔薇』を管理することで王国は生き永らえてきた。ならば、対価を払うのは当然だろう」

「オリアナ王国に対価を……？」

ローズは話に割り込んだ。割り込まずにはいられなかった。

「そう、対価だ。血だよ……王族の血だ」

「オリアナ王国には魔人ディアボロスを討伐した英雄の血が色濃く流れているの。彼らはそれを欲した……実験材料としてね」

ベータが憐れむように言った。

「その血って……まさか」

「ローズ・オリアナ、お前の血だ。王族の中でも特に魔力が高いお前は、赤子のうちに教団に差し出されるはずだった。だが、愚かな王はそれを拒んだ」

「教団への対価はそれだけではないわ。莫大な税金が教団のために使われ、芸術も元を辿れば教団を楽しませるために発展したの。さらに教団は魔剣士を迫害することでオリアナ王国から反逆の力を奪った。あなたのお父様は、その流れを断ち切ろうとしたのよ。ミドガル王国と同盟を結び、歪んだ国内を立て直し、教団から独立しようとした。だから……殺された」

「そんな……もしかして私の留学が許されていたのも……」

呆然と、ローズは唇を震わせる。

「あなたを安全な場所に移すためだった。ごめんなさい、いつ伝えようか迷っていたの。こうなるとわかっていたら、もっと早くに……」

ベータはそう言って目を伏せた。

「愚かな王だったが……まぁ、ちょうどいい機会だ。『黒キ薔薇』はゲートの中でも不安定だ。どの世界と繋がるか、まだ完全には制御できていない。面倒だが、今後オリアナ王国はディアボロス教団が直接管理することになる。研究も進むだろう――」

「――させない」

小さな声がモードレッドの言葉を遮った。その声は小さかったが、決してか細くはなかった。

「お父様の意志は私が継ぐ……オリアナ王国は私が立て直す……！」

闇に包まれた王都を背に、純白のドレスを纏ったローズが立ち上がった。

燃えるような決意が彼女の瞳に宿っている。

「無駄だ、この国はラグナロクによって焼き尽くされるのだから――」

モードレッドが嘲笑《わら》った。

その瞬間、空から炎の塊が降ってきた。

「な――ッ！」

その悲鳴は誰のものだったかわからない。だが彼女たちは一斉にその場から飛び退いた。

――傷を負ったモードレッドを除いて。

彼は落下した炎の塊に右足を押しつぶされた。

「グ――ッ！」

身を捩《よじ》り、抜け出そうともがく。

「何だこれは、何が――！」

彼は左足で、その塊を蹴りつける。

それは、巨大な腕だった。

血のように燃え盛る、太く禍々《まがまが》しい異形の右腕だ。

モードレッドは右足を引き抜いて、確かめるかのようにそれを眺めた。

「まさか……これはラグナロクなのか？」

モードレッドが驚愕の声を上げた。

何度見ても、それはラグナロクの腕に違いなかった。

「だ、だがまだ右腕だけだ。第四魔界の王がこの程度で――」

その直後、またしても炎の塊が降ってきた。

激しい音とともに落下したそれは――異形の左腕だ。

「ば、バカな……何が起きている……」

モードレッドは後ずさる。

そして現実から目を背けるかのように振り返ったそこに、銀色の髪のエルフが立っていた。

「どちらが愚かか、これではっきりしたわね。あなたは、シャドウ様の掌の上で踊っていただけなのよ」

ベータが憐れむようにそう言った。彼女の手は凄まじい勢いで動き、手帳に何かを書き込んでいる。

「踊っていた……だと」

「我々がなぜ今日これだけの戦力を集めていたのか、なぜ『黒キ薔薇』に対応できたのか、なぜ『鍵』を彼女が持っていたのか――考えればわかるでしょう」

「あ、ありえない……全て知っていたとでも言うのか」

呆然としたモードレッドの声がこぼれる。

「ええ」

「知っていながらなぜ我々を――」

そこでハッとしたようにモードレッドは目を見開いた。

「わ、我々は泳がされていた、そういうことかッ⁉　『黒キ薔薇』を完全に破壊するつもりなのか――ッ⁉」

モードレッドは驚愕の悲鳴を上げた。

その返答は、ベータとイプシロンの微笑みだった。

「そんなはずがない、たとえそうだとしても、まだラグナロクがッ……ラグナロク……が」

そのとき、空から炎の塊が降ってきた。

まずは翼が。

まるで枯れ葉のように、二枚の巨大な翼が舞い落ちる。

そして両足と尾が。

まるで枯れ木のように、無造作に転がった。

そして最後に胴体が――漆黒の男とともに降下した。

「シャ、シャドウ……ッ！」

彼は漆黒のロングコートをはためかせ舞い降りて、そのまま漆黒の刃を振り下ろす。

それはラグナロクの首と胴体を両断し、その命を断ち切った。

断末魔のような炎が一際赤く鮮やかに染まる。

血糊を払うシャドウの影が、どこまでも色濃く伸びていく。

その血は赤く燃え、花火のように闇空に咲いた。

「そんな……これが……これがシャドウの力だと言うのか……ッ」

「——終幕ね」

王都を蹂躙していた漆黒の獣も消えていた。

彼らは『黒キ薔薇』から生まれ落ち、そして次の瞬間には切り刻まれていた。

シャドウガーデンの少女たちが『黒キ薔薇』の下で待ち構えているのだ。彼女たちは既に、王都に散った漆黒の獣を狩り尽くしていた。

その先頭にいるのは559番。一瞬だけ、ローズと559番の視線が交わり火花が散った。

「魔物たちまで……まさかシャドウガーデンは第四魔界の戦力を超える力を……」

呆然とモードレッドは呟き、まるで魂が抜けたかのような空虚な笑い声を上げた。

「ククッ……クハハッ……クヒヒヒヒッ」

その声はどこか不気味に響いていく。

「憐れね……」

「クヒヒヒヒヒヒヒッ……クハッ、ククッ、ま、まだ終わらんよ」

そしてモードレッドはカッと目を見開くと、ラグナロクの肉塊を掴《つか》みそれを喰らった。

「な――ッ」

「これが私の力、これが私の集大成――ッ」

ぐちゃ、ぐちゃ、と。

肉を噛み締め、嚥下《えんか》する音が響き、その姿が変異していく。

肌は闇のように黒く。

目は赤く血走り。

筋肉がはち切れんばかりに膨れ上がっていく。

そして、燃えるような赤髪は、血のように赤い炎で燃え上がった。

「シャドウ様、これは……」

ベータが判断を仰ぐと、シャドウは微かに頷いたように見えた。もしかしたら首を傾《かし》げたのかもしれないが、そんなはずはない。

「御意のままにッ」

彼女は主の意図を察して後ろに控えた。

そして絶対の信頼を込めた眼差しでシャドウを見つめる。

「見るがいい、私の姿をォォォォォッ！　完全な力をォォォォォオオオオオオオオッ!!」

モードレッドが獣のような雄叫びを轟《とどろ》かせた。

その姿はラグナロクと人が融合したかのようだ。

「力が漲《みなぎ》るゥゥゥゥゥゥッ!!」

炎を纏った剛腕が、シャドウに振り下ろされた。

轟音《ごうおん》が響き、瓦礫《がれき》が飛び散る。

「ククッ、見たかこれが私の力――ッ、んん？」

だがモードレッドが腕を引くと、そこにシャドウの姿はなかった。

地面に大きくえぐられた跡があるだけだ。

「どこに行ったァァァァまさか焼け焦げたかァァァァァアアアアアア」

「――失敗作か」

深淵から響くかのようなその声は、背後から聞こえた。

「失敗作、だとォォォォォォ」

モードレッドが振り返ると、そこにシャドウが立っていた。

彼は背を向けて、その漆黒の瞳で空を見上げている。

「蝙蝠の方がまだマシだった」

「背を向けて逃げる用意をしている男が言う言葉かァァァァァァ」

シャドウは僅《わず》かに笑った。

「獣と混ざり知能まで退化するとは――救いようがないな」

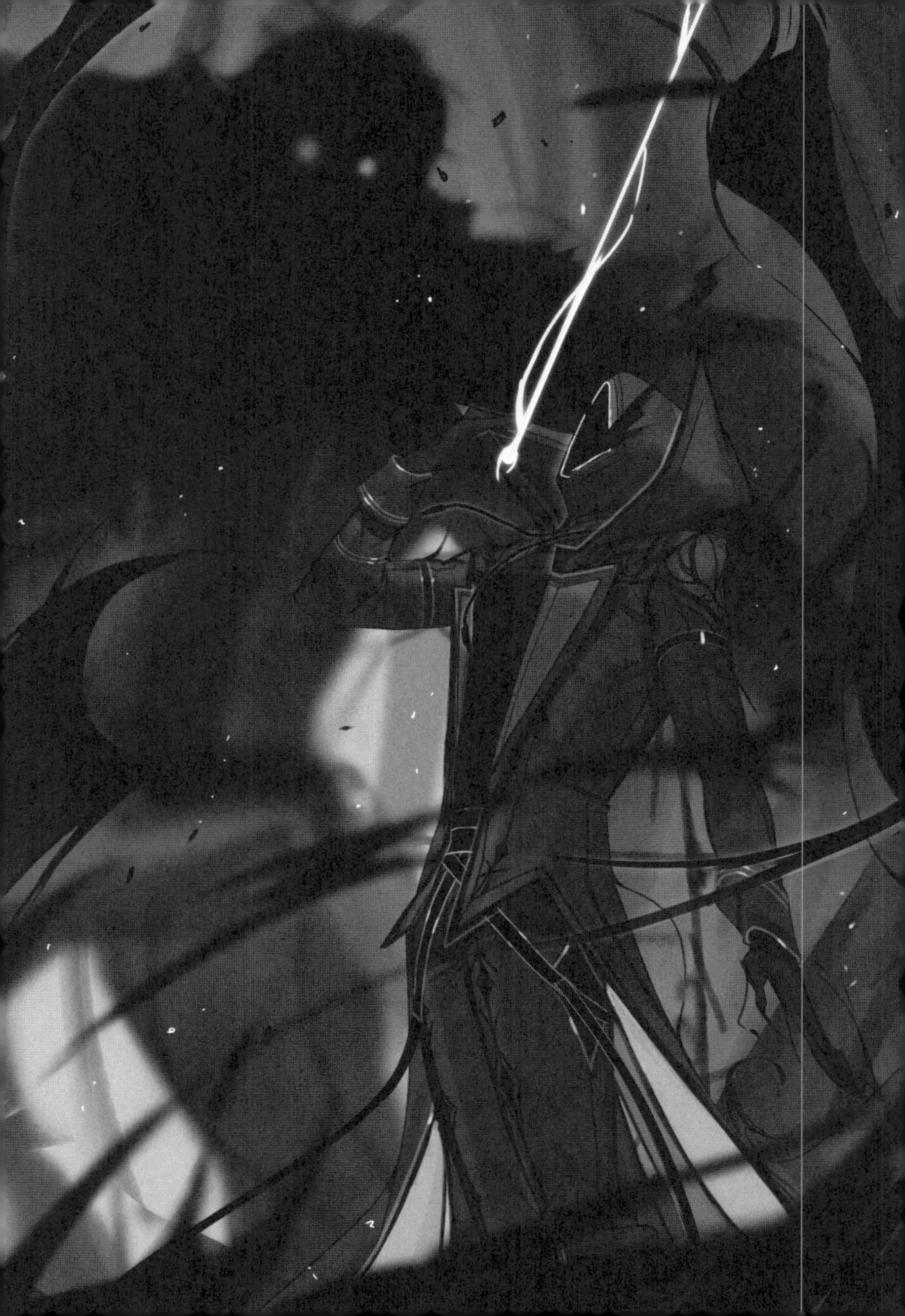

「減らずロをォォォォォオオオオッ」

モードレッドは両腕でシャドウに掴みかかる。

しかし、その腕はまたしても空を切った。

「――ッ」

気配を感じモードレッドが振り返る。

そこに、背を向けたシャドウが空を見上げていた。

「闇の空が終わりを告げている――覇王の産声が、貴様に聞こえるか」

「ほざけェェェェェェェェエエエエエエエエエエッ‼」

モードレッドが咆《ほ》えた。

大気が震えるほどの魔力がシャドウの右腕に集まっていく。

それは次第に強さを増していき、王都全体が地鳴りのように震えていた。

風が嵐のように吹き荒れる。

雲が渦を巻き、雷光が迸る。

全てを吸いつくすかのように魔力が集約していくその世界の中心で、人々は青紫に輝く希望の光を見つけた。

その魔力はまるで螺旋《らせん》を描くかのように漆黒の刀に集まり、その刀身に複雑な紋様を描き出す。

「アイ・アム――」

深く低い声が響き、青紫の魔力が輝きを増し。

「な、何だその魔力ゥゥゥゥゥウウウウウウウ⁉　貴様本当に人間か――ッ」

「――アトミック」

そして、世界は青紫の光で染まった。


青紫の光が消えると、世界は一変していた。

空は青く晴れ、太陽の光が降り注いでいた。冬の空気は冷たく澄んでいて、ローズは白い息を吐いた。

シャドウはその世界の中心で、漆黒の刃を空に向けていた。

「あなたは……あなたはまさか……」

何かを言いかけて、ローズは口を閉じた。

なぜかピアノを奏でる二人の姿が重なった。

だが、そんなわけないのだ。それは絶対にありえないことなのだ。それでも彼女の視線は自然とシャドウの一挙手一投足を目で追ってしまう。

「シャドウ様はやはり『黒キ薔薇』を……」

ベータとイプシロンが空を見上げている。視線の先には砕け散っていく『黒キ薔薇』があった。

彼はあの一撃で『黒キ薔薇』まで砕いたのだ。

見ている間にも、それは少しずつ崩壊していく。その中に、吸い込まれていく塊があった。

黒い肌に赤い髪のそれは、頭だけになった変異モードレッドだった。

そのとき——。

「漆黒の渦に身を委ね、闇の世界へ沈みゆく……」

そう言い放ち、『黒キ薔薇』に漆黒の影がダイブしていった。

「——え?」

「——はい?」

「——シャドウ様?」

シャドウは『黒キ薔薇』に飲み込まれた。

少女たちは呆然と空を見上げ、

「わ、わわわ、私も行きます‼」

涙目になったベータが飛び込んだ。

その直後『黒キ薔薇』は消え去った。この世界から完全に消失した。

しばらく、沈黙が辺りを支配した。

「……き、きっとシャドウ様には、深いお考えがあるのよ、そう、シャドウ様の智謀《ちぼう》は全てを見透かす神の目のような、美しく熱い眼差しに、天を薙ぎ海を断つ漆黒の刃と……」

イプシロンは謎の呪文を呟き空を仰ぐ。

「あぁ、指輪が……ッ」

なぜかローズの結婚指輪も砕け散った。

それが、彼女の想い人の運命を暗示しているように思えて、ローズの顔から血の気が引いていった。

こうしてオリアナ王国の戦いは終わった。

Not a hero, not an arch enemy,
but the existence intervenes in a story and shows off his power.
I had admired the one like that, what is more,
and hoped to be.
Like a hero everyone wished to be in childhood,
"The Eminence in Shadow" was the one for me.
That's all about it.

The Eminence in Shadow

I can't remember the moment anymore.
Yet, I had desired to become "The Eminence in Shadow"
ever since I could remember.
An anime, manga, or movie? No, whatever's fine.
If I could become a man behind the scene,
I didn't care what type I would be.
Not a hero, not an arch enemy,

付章

スタイリッシュ暴漢スレイヤー登場！

The Eminence in Shadow
Volume Four
Supplement

The Eminence in Shadow
SUPPLEMENT

桜坂高校の二年、西野アカネには嫌いなクラスメイトがいる。

その生徒は黒髪黒目の平凡な顔立ちだが、いつも眠たげな瞳で目の下にクマがある。

彼の名前は影野実《カゲノミノル》。彼こそがアカネの嫌いなクラスメイトであり、最悪なことに隣の席だ。

影野実はその名前の通り陰の薄い生徒だった。

成績は中の下、運動も中の下、部活には入っておらず、友人も少ないが話をする程度の知り合いはいる。

彼はどこにでもいる、ごくごく平凡な目立たない生徒だった。

最初はアカネも彼のことが嫌いではなかった。もちろん好きでもなかったが、クラスメイトとして普通に接してきたつもりだ。

だが、しばらく彼と接しているうちに、どうしても許せないことができたのだ。

それが朝の挨拶だった。

影野実と西野アカネは毎朝、校門が閉まるギリギリの時間に登校する。

いつもほぼ同時に校門を通り、そこで挨拶をするわけだ。

「おはよう、影野くん」

アカネは今日も校門で出会った嫌いな影野に挨拶をした。

「おはよう、西村さん」

影野もいつものように平坦な声でそう返す。

西村じゃねぇ、西野じゃ!!

とアカネは心の中で叫んで、表面上は微笑《ほほえ》みながら下駄箱に向かった。

彼と同じクラスになって三カ月、これが毎朝続いているのだ。

最初の一カ月はいつか気づくだろうと何も言わなかったが、ゴールデンウィークが過ぎても名前を間違え続けられたアカネはようやく訂正した。

そのときの会話は今でも思い出せる。

「あの、影野くん。私の名前、西村じゃないんだけど」

「え？」

影野は目をパチパチ瞬いて、アカネの顔を不思議なものでも見るかのように観察した。

「あれ、西村じゃなかった？」

「うん、私の名前は――」

「あ、待って。思い出した。君はネームドキャラクターだったね」

「ネームドキャラクター？」

聞きなれない単語にアカネは首を傾《かし》げた。

「あ、こっちの話。僕は重要人物の名前はしっかり覚えているんだ。でもうっかり間違えてしまうことがある」

「いいよ、誰にも間違いはあるから」

素直に頭を下げる影野に、アカネも微笑んだ。

しかし次の一言で凍りつく。

「ごめんね、西谷さん」

その瞬間、アカネはこのふざけた男の顔面に右ストレートを叩き込みたい衝動にかられてギユッと拳を握り締めた。

「……西野よ」

「……え？」

「私の名前は西野」

気まずい沈黙の中、二人は見つめ合った。

その日は影野と一言もしゃべらなかった。


――翌日の朝。


いつものように校門で二人は出くわした。

一晩経《た》ってアカネの怒りも少し冷めていた。そもそも影野に悪気があったわけではないし、たかが名前を間違えただけで怒りすぎたかもしれない。

だから昨日のことは忘れて、アカネから先に挨拶をした。

「おはよう、影野くん」

「おはよう、西村さん」

元に戻ってんじゃねぇか!!

と叫びそうになった衝動を、アカネは鉄壁の微笑みで抑え込んだ。

アカネが何より許せなかったのは、影野がまるで昨日のことがなかったかのように普段通りだったことだ。

彼はいつものようにアカネを西村と呼び、そしていつものようにアカネのことを見ていなかった。

挨拶をするとき、話をするとき、彼の視線はちゃんとアカネを見ているはずなのに、いつもどこか違う場所を見ているような遠い目をしている。

それが何よりも嫌だった。

アカネが本当に嫌だったのは名前を間違えられることじゃない。

彼の視線がアカネを見ていないことだったのだ。

それに気づいたとき、アカネは影野のことが大嫌いになった。


それから、アカネは影野と極力かかわらないようにした。

毎朝顔を合わせると挨拶を交わすが、それだけ。いくら名前を間違えられても訂正すらしない。

席は隣だが会話はほとんどない。授業でどうしても話さなければならないときだけ必要最低限の言葉を交わす。

本当は完全無視をしたかったのだが、アカネの事情もあって目立つことは避けたかった。

そう、西野アカネは目立つのだ。

彼女は黒髪が美しい清楚な美少女で、その容姿から男女問わず注目を集めていた。

しかも彼女は現役の女子高生でありながら女優として活躍している。

当然クラスメイトもアカネが女優をしていることを知っている。アカネと影野の仲が悪いことが知られれば、変な噂《うわさ》が広まってしまうかもしれない。それは避けたかった。

アカネは幼い頃から子役として活躍していた。しかし中学に入った頃にスキャンダルで一時期活動を停止していた過去がある。

あの事件があってから、アカネは仮面をかぶるようになった。

教師に嫌われないように優等生であり、生徒に嫌われないように人気者になり、誰からも恨まれないように立ち回ってきた。

だから、嫌いな影野にも嫌われないように、そして周りに悟られないように、彼女はそうやって今日まで生きてきた。

アカネは部活に入っていない。

だから普段なら授業が終わればすぐに帰宅するが、その日は補習があった。アカネは仕事で授業に出られない日も多く、補習を受けることで出席日数を稼がなければならないのだ。

その日は他にもいろいろあって、アカネが学校を出ると日が沈み暗くなっていた。

「スマホの電池切れちゃった……」

校門を出てため息を吐《つ》く。

いつもなら専属の運転手を呼んでいるアカネだったが、あいにくスマホの電池が切れていた。

アカネの家までは徒歩で三十分。歩けない距離ではない。

陽が落ちた初夏の気温は案外心地よく、アカネは歩いて帰ることにした。

考えてみれば、学校から歩いて帰るのは久しぶりだ。小学校で集団下校をしていた頃が最後だろう。

中学からは家の方針で運転手付きの車で毎日送り迎えをしてもらっている。

だから、久しぶりに自分の脚で歩く下校がどこか楽しくて、暗い夜道でも彼女に不安はなかった。

しかし、そのせいで警戒心すら忘れていた。

突然、彼女の横に黒塗りのワゴン車が停車し、大柄な男が降りてきた。

気づいたときには遅かった。

「――え？」

アカネの首に男の太い腕が巻き付いていた。

「あ……」

ギリギリと締め上げられ、ほんの数秒で意識が薄れていく。

彼女が最後に見たのは、こちらに駆け寄ってくる見覚えのある黒髪の少年の姿だった。

　

「……うう」

アカネが目を覚ますと、そこは薄暗い倉庫だった。

両手足は縛られて、口には猿轡《さるぐつわ》を噛《か》まされていた。

まだ意識がはっきりとしない。確か黒塗りの車から降りてきた男に首を絞められて……最後に、誰かの姿を見た気がする。

「うぅ！　ぅぅう!!」

助けを呼ぼうと呻《うめ》くが、猿轡のせいで言葉にならず大きな声も出せない。

「おっと。気がついたか」

そのとき、背後からしゃがれた男の声がかけられて、アカネの動きが止まった。

「大人しくしていろよ。痛い目にあいたくなければな」

その男は身長百九十センチはありそうな大男だった。しかもただ大きいだけでなく分厚い筋肉がついていることが服の上からでもわかる。

その後ろにもう一人男がいる。彼も共犯者だろう。

「安心しな。お嬢ちゃんの家に脅迫状を送った。金さえ払えば無傷で帰してやるよ」

大男は凶悪な笑みを浮かべた。

「いけねぇよなぁ。西野財閥のお嬢様が一人で夜道を歩くなんて。悪い男に捕まっちまうだろぉ」

ヒヒッと嘲《あざけ》るように言って、男は倒れたままのアカネに歩み寄る。

「ぅぅぅう！」

来ないで！

そう叫んでも、言葉にはならない。

アカネは地を這うように大男から遠ざかろうとする。

「おっと。無駄だぜお嬢ちゃん」

アカネの細い脚を男が摑《つか》み、力任せに引き寄せた。

そしてアカネの顎《あご》を持ち上げて整った顔を間近で観察する。

「女優やってるだけあって綺麗《きれい》な顔してるじゃねぇか」

「うう！　うううぅ!!」

首を振り抵抗するアカネ。

その頰を、男が平手で叩いた。

「——ッ!!」

「抵抗するなよぉ」

アカネの口内に血の味が広がっていく。目尻に溜まった涙がこぼれ落ちた。

「そういえばお嬢ちゃん、前にも誘拐されたことがあったらしいじゃねぇか」

ビクッと。

アカネの動きが止まった。

「確かお嬢ちゃんが中学に上がった頃だったか。そのときはストーカーの仕業《しわざ》だったらしいなあ」

忘れようとしていた記憶が脳裏に蘇り、ガクガクと身体が震え出した。

「ストーカーの気持ちもわからんでもないなぁ。そんなに怯《おび》えてどうした、お嬢ちゃん？」

「……うう！　うううううううううぅ!!」

「無駄だ、誰も来ねぇよ」

身を捩《よじ》るアカネを、太い腕が押さえつける。

――助けてッ！

心の中で叫んだ、その瞬間。

ガシャン、と。

倉庫にガラスの割れる音が響き渡った。

「誰だッ!!」

倉庫の窓が割れていた。

月明かりが差し込み、割れたガラスの上に立つ一人の男を照らし出した。

その男は黒いスウェットの上下を着て、黒いワークブーツを履き、そして顔には黒い目出し帽をかぶっていた。

全身黒ずくめの不審人物。一見すると誘拐犯の仲間にしか見えない。

コツ、コツ、コツ、と。

彼はブーツを鳴らしながらゆっくりと歩み寄る。

「誰だてめぇ!?」

大男が叫ぶ。

「俺か――？　俺はただの……スタイリッシュ暴漢スレイヤーさ」

彼は歩みを止めて、目出し帽の位置を調整した。穴がズレていたようだ。

「ふざけんじゃねぇ！」

大男が叫んだと同時に、背後から忍び寄った共犯の男が、暴漢スレイヤーにバットを振り下ろした。

完全な不意打ち――しかし、彼は背後に目が付いているかのようにそれを躱《かわ》した。

「――なッ⁉」

「月の光で影ができていた――素人だな」

そう言って、彼は振り向きざまに拳を叩きこむ。

黒い衣装と暗い室内のせいもあって、その拳はほとんど見えなかった。

鈍い音が響き、共犯の男は膝から崩れ落ちる。そして、彼はピクリとも動かなくなった。

「顎を正確に打ち抜いたか……経験者だな」

大男がアカネから手を放し立ち上がる。コキコキと首を鳴らし、暴漢スレイヤーを睨《にら》んだ。

「だが、残念だったな。俺は元軍人でねぇ」

大男はナイフを抜いて構える。

「元軍人か……ちょうどいい。軍人とは一度戦ってみたかった」

そう言って、暴漢スレイヤーは腰を落として構えた。その構えも様になっている。

二人の男が薄闇の中で睨み合った。

じりじりと間合いが縮まり、そして——。

「死ねッ！」

初手は大男だ。

半身で踏み込み、ナイフを振るう。

元軍人というだけあって、その動きは巨体に似合わず俊敏でコンパクトだった。

喉元を狙ったナイフを、暴漢スレイヤーは右腕で防ごうとする。

そして、キンッと。甲高い音が鳴った。

「何⁉」

暴漢スレイヤーはその右腕でナイフを受け止めていたのだ。

よく見ると彼は右腕に何かを構えている。彼が構えているのは黒い……バールだった。

バールをまるでトンファーのように構えているのだ。

「バ、バールだと——ッ⁉」

「バールはいいぞ。頑丈で壊れない。どこにでも売っているし、持ち運びもしやすいし、職質されてもバールなら言い訳できる……かもしれない。そして何より——トンファーのように使うことができる」

「何⁉」

次の瞬間、暴漢スレイヤーは腕を返した。

バールが弧を描き、大男の腕を打つ。

ナイフが男の腕からこぼれ落ちた。

「クソがッ」

続けざまに、バールが大男に迫った。

大男は咄嗟《とっさ》に拳を構え迎え撃つ。

彼の分厚い筋肉をバールが殴り、拳が目出し帽を掠《かす》めていく。

二人は月明かりの差し込む倉庫で、バールと拳を交わし合った。

しかし、徐々に暴漢スレイヤーが押されていく。彼は体重の乗った重い拳を防ぐ度、一歩、また一歩と後退する。

「ふん。ちょうどいいハンデだな」

暴漢スレイヤーを吹き飛ばし、大男が言った。

「確かにてめぇは強い。それも実戦慣れしてやがる。だがな、一つ大きな弱点がある。てめぇの身長はせいぜい百七十ってとこか。体重も六十そこそこだろう。だが俺は百九十四の百十五だ。フィジカルが根本的に違うのさ。たとえバールを持っていても、俺は頭さえ守っていればいい。だが、てめぇは違う。俺の攻撃を一発でも喰《く》らえば終わりだ」

得意げに語る大男を、暴漢スレイヤーは静かに見据えた。

「道理だな。今の俺では元軍人一人に手こずる、これが現実だ……」

「諦めるか？」

「いや……少し本気を出す」

暴漢スレイヤーの構えが変化する。

「――何だと」

「俺はバールに可能性を見出した。まるでトンファーのような形状と、その重量、頑丈さ、携帯性、全てにおいてポテンシャルが高かった。そして夜な夜な騒音を撒《ま》き散らす暴走族を殴り続け、一つの結論に辿《たど》り着いたのだ……」

「――まさかッ！　てめぇが暴走族にバール一本で殴り込む目出し帽のバーサーカー⁉」

目出し帽のバーサーカーのせいで、この地域の暴走族がヘルメットをかぶるようになったのは有名な話だった。ヘルメットをかぶっていればいつ殴られても大丈夫なのだ。

「俺がバールで暴走族を殴り続けて辿り着いた結論はな……。バールはトンファーとして使うより――普通に殴った方が強いということだ‼」

暴漢スレイヤーはそのバールを、大男の顔面に振り下ろした。

それは大振りだが速い、ただ単純な暴力。

大男は咄嗟に腕で頭を守るが――鈍い音が響いた。

「グッ、う、腕が……」

大男が左腕を抱えて呻く。

「折れたろ？　これがバールのポテンシャル、このL字の角で殴るのがコツだ。衝撃が集約されるからな。素人は尖《とが》った方で殴るんだ」

こうじゃなくてこう、と。バールの向きを変えて解説する。

そしてまた殴る。

流れるように自然に、それが当たり前のように殴る。何百人もの暴走族を殴ってきた片鱗が見えた。

「ガッ！　ま、待て……」

殴る、殴る。

「や、止めろ、待って……」

殴る、殴る、殴る。

「グヴェッ……ウゴッ……」

殴る、殴る、殴る、殴る！

倉庫内に鈍い音が何度も響き渡る。

その姿はまさに暴力こそパワー。

暴漢スレイヤーはバールでひたすら殴り続け、いつしか大男は動かなくなった。

ポタ、ポタ、と。バールから血が滴り落ちた。

「駄目だ……元軍人に苦戦するようじゃ辿り着けない……もっと力を……」

彼は窓の外に浮かぶ月を見上げて、

「I need more power……」

と切なげに手を掲げる。

その姿はまるで、どうしても届かない月に手を伸ばしているかのようだ。

彼は現実に抗《あらが》うかのように頭を振って、振り返るとアカネを見据えた。

そして、大男が落としたナイフを拾いアカネに近づいてくる。

「ん――ぅぅぅう！」

身の危険を感じたアカネが逃げようとするも逃げられるはずもなく、ナイフが無慈悲に振り落ろされた。

「うう？」

ナイフは、アカネの手足の拘束を切り裂いていた。

自由になったアカネは、目出し帽をかぶりバールを持った黒ずくめの不審人物を見上げた。

彼はアカネを見下ろしながら、

「今度は帰り道に気をつけなよ」

そう言い残して、立ち去っていった。

呆然と彼の後ろ姿を見送ったアカネは、しばらくしてようやく彼が自分を助けてくれたこと

に気づいた。

「スタイリッシュ暴漢スレイヤー……彼はいったい……」

彼の声を、どこかで聞いたことがあるような気がした。


次の日、アカネは両親に心配されながらも普段通りに登校した。

昨日のことを思い出すとまだ怖かったが、スタイリッシュ暴漢スレイヤーのことを考えると
なぜか笑いがこみ上げてくる。

「ふふっ……スタイリッシュ暴漢スレイヤーはセンスないなぁ」

そして校門を抜けると、今日も嫌いなクラスメイトに出会った。

「おはよう、影野くん」

「おはよう、西野さん」

「――え？」

驚いて、アカネは思わず立ち止まった。

あの影野が、アカネの名前を間違えなかった。そして、その視線はアカネのことを見ていたような気がした。

そして、あの声。

「……まさかね」

バカな考えを振り払うかのように首を振って、アカネは影野の背を追いかけた。

「待って！　影野くん！」

少しだけ、彼と話してみようと思った。

Not a hero, not an arch enemy,
but the existence intervenes in a story and shows off his power.
I had admired the one like that, what is more,
and hoped to be.
Like a hero everyone wished to be in childhood,
"The Eminence in Shadow" was the one for me.
That's all about it.

The Eminence in Shadow

I can't remember the moment anymore.
Yet, I had desired to become "The Eminence in Shadow"
ever since I could remember.
An anime, manga, or movie? No, whatever's fine.
If I could become a man behind the scene,
I didn't care what type I would be.
Not a hero, not an arch enemy,

ファンタジー日本で陰に潜む！

四章

The Eminence in Shadow

CHAPTER 4

「ここはどこ？」

呆然《ぼうぜん》と、僕は呟《つぶや》いた。

黒い穴に吸い込まれ闇とともに消え去るのってカッコいい。

そう思って飛び込んだらまさか謎の荒廃都市に来てしまうとは。

「ま、まぁダッシュで帰れるでしょ。それにしても何か見覚えあるような……」

そう思って、あらためて辺りを見渡して気づいた。

地面はひび割れたアスファルトで、蔦《つた》が絡まっているが電柱が立っていて、そして道路脇には半壊した住宅が並んでいる。

表札の苗字は『田中』だ。

「まさか……日本？」

僕は一つずつ、注意深く観察していった。

崩れゆく家々、植物に侵食されたコンクリート、そして錆《さ》びついた乗用車——。

「——日本だ、間違いない」

なぜか日本に戻って来た。

しかも僕が暮らしていた町だった。

日本から向こうの世界に転生した僕はどこかしらで繋《つな》がっていたのだろうか。

「とりあえず、ただいまということで」

しかし何があったのだろう。

この状況は普通ではない。近くに人の気配もないし、何かしら大災害があったと考えるのが自然だろうか。

これは気になるな……。

「――ん？」

ふと背後に人の気配を感じ振り返る。

するとそこに。

「シャドウ様ぁぁぁぁぁ！　いたッ⁉」

ベータが落ちてきた。

尻もちをついた彼女は、周囲を見て目を見開いた。

「シャドウ様！　ご無事でよか――え、ここは⁉」

ベータまで来なくてよかったのに。

あ、でもいいことを思いついた。

彼女は当然日本のことなんて知らない、ということは『陰の実力者』アピールのチャンスである。

「此処がどこか、わかるか？」

「……ッ⁉　こ、ここは……わかりません」

彼女は少し考えて、悔しそうに俯《うつむ》いた。

「此処は異なる世界……地球という世界の、日本という国だ」

「す、既に世界の名と国の名まで調査済みなのですね……！」

「視覚から入った情報を整理し分析しただけだ——当然だろう？」

「さすがシャドウ様……！」

ベータは目を輝かせてくれた。ふふふ、なかなか楽しい。

「それで、シャドウ様はなぜチキュウに？」

「ガイアが僕にもっと輝けと囁《ささや》いているのだ」

なぜと聞かれても、ノリで穴に飛び込んだだけだから答えられるわけがない。

「まだ、満足していない……さらなる高みを目指す、そういうことですね！　なんという尊き精神……‼」

「そうそう、そんな感じ」

シャドウモードは疲れたので普通の空気に戻す。

「まずは着替えようか」

「着替える?」

「僕らの服はこの世界で目立つようだ。田中さん家《ち》で着替えよう」

近くに人の気配はないけど、もしこの服装を見られたらコスプレイヤーと間違われてしまう。

「タナカサンとは?」

「この家の住人だ。表札を読めばわかる」

「まさか……既に文字を理解していらっしゃると……?」

「ああ、おおよそこの世界の文字パターンは理解した。規則性を読み解くだけでいい、実に簡単な作業だった」

ベータは感動に打ち震えるかのようにプルプルしていた。

「す、凄い……規則性を読み解くだなんて、それがどれほど困難か……それを平然とやってのけるシャドウ様……」

ふふふ、尊敬するがいい。日本語は前世から完璧なのだ。

「では行くか」

というわけで、僕は超速で何かメモしているベータを連れて田中さん家におじゃました。

半壊した田中さん家は荒れ果てていた。食料は全て腐っていて、食べられそうなものはない。

とりあえず部屋を物色し、状態のいい服装を適当に見繕《みつくろ》った。

僕はパーカーにジーンズにスニーカー。季節は秋だからちょうどいい。

そしてベータは。

「その、シャドウ様。お手数おかけして申し訳ありません」

そう言って、もう何度目かになるお披露目をした。

「これで大丈夫でしょうか……？」

「……ベータ、それはスクール水着というものだ」

紺色の生地、白い肌、はみ出た肉。

扉の陰から現れたベータはパッツンパッツンだった。

「水着……？　ですが伸縮性が抜群で動きやすく機能的でとてもいい素材ですよ」

「防寒性はないだろう」

「そこは魔力で……」

「やり直し」

「うぅ……」

ベータは肩を落として部屋から出ていった。

だから最初に僕が選んだ服でよかったのだ。なのにベータは「ありがとうございます！」と言いつつも微妙な顔をした。だから僕は「好きな服を選びな」と言って立ち去ったのだ。

その結果がこれ。

僕はため息を吐《つ》いて部屋の物色を再開することにした。

まぁいいや。

急ぐ旅でもないしゆっくり行こう。

元日本人としてはこの世界で何が起こったか気になる。人類絶滅なんてことになっていなければいいけど……。

とりあえず水と食料、それから情報がほしい。

ガサガサと瓦礫《がれき》の中を探し、見つけた電子端末の電源を入れてみるが当然ダメ。紙媒体も風雨で風化してほとんど読めたモノじゃない。

辛うじて文字の判別ができた新聞の切れ端には『日本崩壊——』と書かれていた。

日本経済崩壊、とかならまだわかるけど、まさかの日本崩壊か。

何かの暗喩だろうか、それともそのままの意味か——だったら結構ひどいことになってそうだ。

室内の探索を終えた僕は、廊下に出て次の扉を開けた。

そこで、少し驚いた。

「血の臭いがすると思ったら、そういうことか……」

その部屋には白骨化した遺体が三つ転がっていた。

血や体液は完全に乾燥していたが、臭いは少し残っている。死後数年は経過しているだろう。

血痕は床だけでなく、壁にまで飛び散っている。骨は砕かれて、いくつか行方不明になっている。

まともな死に方をしたようには見えなかった。

「他殺にしては猟奇的だな……」

復讐か、シリアルキラーか、それとも……。

僕は砕かれた骨を並べて、少しでも元の形に復元しようと努力した。

「ここがこうなって、それで……」

完全な復元は無理だ。それでもいくつかのパーツは組み合わせることができた。

そうして浮かび上がってきたのは歯型。

砕かれた大腿骨にくっきりと歯形が残っている。

人間のものではない。もっと鋭い牙を持ち、大きな口の……。

「大型犬？　いや、それ以上の……」

ライオンなら近い大きさかもしれない。だが日本にライオンは生息していないし、動物園から脱走したと考えるのもレアケースすぎる。

うーん。

クマかな？

他に思い当たる動物はいないが、肉食獣の犯行とみて間違いないだろう。

この家の住人は、ここで獣に襲われて喰《く》われたのだ。

「あの、シャドウ様……？」

「うん？」

「度々申し訳ありません、この服はどうでしょう？」

扉から登場したベータは一瞬白骨死体に目を向けるが、すぐにその場でくるりと回った。

彼女の優先順位は服のお披露目が上のようだ。

「ベータ……その服はどこで見つけた」

彼女はまたしてもきわどい衣装を着ていた。

「えっと、寝室らしき部屋のベッドの下にまるで隠しているかのように置いてありました」

隠していたんだろうよ。

「ベータよ、その服は……普段の生活で着るものではない」

「でも、スライムボディスーツにそっくりで体にフィットしますよ?」

「隙間が開きすぎだろう……それはボンデージというものだ」

光沢感のある黒い生地に、体にぴったりフィットするフォルムで、しかも面積が非常に少なく、毎回ながら肉がはみ出ている。少し動けばこぼれるレベルだ。

間違いなく夜の衣装である。

「ぼんでーじ?」

「そうだ、かなり特殊な用途に使う衣装だ」

「そうなんですか……かわいいのに」

ベータはがっくりと肩を落とした。

「同じ場所にこのような仮面と鞭《むち》もあったのですが……」

彼女は黒光りする仮面を装着し鞭をペチンと鳴らす。

「仮面で正体を隠し戦闘を行っていたと思われます。我々と同じですね。しかしこの鞭はあまりに脆《もろ》く、実際に戦うことができたのか疑問が残るところです」

またペチンペチンと鞭を鳴らし、戦闘を想定してプルプルと体を揺らした。

「ベータよ、その鞭は非常に弱い生物を討伐するために作られた武器だ。まるで自ら叩かれるために生まれてきたかのような脆弱《ぜいじゃく》な豚を、な……」

「チキュウにはそのような豚がいるのですね……非常に興味深い」

ベータはふむふむと頷き瞳を輝かせた。

「でも、さすがシャドウ様です！　既に特殊な用途の衣装まで理解されているのですね。まだ一時間も経《た》っていないのに！」

「う……ん。ま、まぁな」

「凄いです！　私も早く理解できるよう精進いたします」

「……頑張るがいい」

「はい！」

眩《まばゆ》い笑顔のベータであった。

「ところでベータよ。なぜそう露出の高い服を選ぶ」

「だって、せっかくだし……」

何がせっかくなのだろう。

新しい素材だからなのか、新しいデザインだからなのか、それとも新しい機能があるからなのか、それとも全部か。

「普通の服を選びなさい、普通の服を」

「……はぁい」

ベータはとぼとぼと部屋を出ていった。

結局、いろいろあって田中さん家を出たのは一時間後だった。

「それで、どこに向かいましょう」

着替えを終えて家を出るとベータが言った。

彼女の服装は大き目のニット、ジーンズ、スニーカー、そして髪と耳を隠す帽子だ。動きやすさ重視で納得させた。

それから僕は三十リットルのリュックに着替えや空のボトルを詰めて背負う。

「とりあえず川で水を汲もう。それからこの世界の情報を集めたい」

本当にここは僕が知っている日本なのか、もしそうだとしたらなぜこんな荒れ果ててしまったのか。

「賛成です。この世界には興味深い技術がたくさんありそうですし」

というわけでまず水分確保に出発。

ご飯は省エネ運転すれば一カ月以上は食べなくても活動できる。多分ベータも大丈夫だ。

でも水はキツイ。我慢したことはないけど、僕でも十日ぐらいで限界が来るんじゃないかな。

「この柱は何のために立っているのでしょう……材質はコンクリートと思われますが、等間隔で並んでいる。宗教的な儀式に使われたのでしょうか」

歩きながらキョロキョロするベータの視線は電柱で止まった。その手にはメモとペンを装備し凄《すさ》まじい速さでスケッチしている。

「ふふふ。あの柱についている黒い線に注目するがいい。断面は金属が見える。そこから推測すると、電力を各家庭に供給するラインだったと思われる」

「言われてみれば確かに、黒い線は家に繋《つな》がっている。つまりこの世界は電力を高度に運用していたのですね。たったこれだけの手掛かりで真実に辿り着けるなんて……」

「ふふふ……」

「ですが……だとしたらなぜ地中に線を埋めないのでしょうか?」

「ん? あ、えっと、それはだな」

知らん。

「コ、コスト的な問題とか、メメ、メンテナンス的な問題とか、そうだ、地震だ、地震があったら困るんじゃないか?」

「地震があったら柱が倒れてきませんか?」

「が、ががが、頑丈に作っているのだ」

ベータはふむふむと頷いた。

「そうですね、地中に埋めたら時間がかかりますし安価に張り巡らすならこの方法でもいいかもしれません」

「そうだろうそうだろう」

「しかし、これほど技術が発展したニホンはなぜ荒廃してしまったのでしょう。干ばつや洪水の跡はありませんし、自然災害の線は薄いように思うのですが」

「当然の疑問だな……だが、おおよそ見当はついている」

これは本当だ。

「な……既に原因を突き止めておいでなのですね！」

「ああ……」

そう言って、僕は意味深に微笑んだ。

見当はついているけど確信はしてないからね。

間違ったら恥ずかしいので言わないが、おそらく原因は空気中に漂う魔力だ。

僕が知る限り、魔力は前世で最期に見た二つの光だけしか発見されていなかったはず。なのに今はこれほどの魔力が溢《あふ》れている。

つまり――日本に何か魔力的な事件が起こったのだ。

それで環境がいろいろ変わってパニック的な何かが起きた。

そんな感じだろう。

「あっちから水の匂いがします」

ベータは鼻をスンスン動かした。

「そうだね」

僕の町だし川の場所は知っているんだけど。

そして辿り着いた川の水は、記憶にある当時よりずっと澄んでいた。やっぱり人間がいなくなったからかな。

「飲めそうですね」

僕らは手分けして空のボトルに水を汲んでいった。

生水だけど僕らには魔力で鍛えた鋼鉄の胃袋があるから問題ない。

「魚もいますし食料は問題なさそうですね。食べてみますか？」

「後でいいや。お腹すいたら獲りにこよう」

「そうですね。空には鳥がいますし、他にも食料はありそうです」

「だね」

僕はボトルを入れたリュックを背負った。

「その袋、やはり私が背負います」

「いやいや、僕が背負うよ。荷物は男が持つ。どうやらこの国にはそういう文化があるらしい」

「なるほど……既に文化までご理解されているとは、さすがです」

「当然だ。さて、次の目的地は……」

「公共的な建造物に行ってみたいです。高度な技術や資料も見られるでしょうし」

「うーん、そうなると図書館とか……そうだ、西野大学に行こう！」

山の上に西野財閥のバカ金持ちが作った無駄に豪華なハイテク大学があるのだ。お坊ちゃんお嬢様専用で庶民の敵だ。いつかバールで全ての窓ガラスを叩き割ってやると誓ったのに、果たせず転生してしまった。

「その、ニシノダイガクというのは？」

「信頼できる情報によると、あくどい金持ちが無駄金で作った無駄に豪華な研究機関らしい。非合法な人体実験でもしていたに違いない」

「どこの世界にも悪は存在するのですね」

「光があれば闇もある、世界とは常にそういうものだ……」

「深いお言葉です……」

というわけで出発。

途中で僕の家にも寄ったけど、見事に崩壊していた。悲しい。

父さんと母さんと犬のジョンは転勤でアメリカだし大丈夫でしょう。

日が暮れてきた。

茜《あかね》色の秋空はなかなか綺麗《きれい》である。

うん、全力ダッシュすれば大学にはすぐ着くんだけど、ベータが楽しそうに観光しているし僕も楽しく解説しているから仕方ない。

まぁ今日中に着けばいいだろう。

「いろいろ観察してわかったのですが……」

歩いていると、ベータが真剣な顔で口を開いた。

「何だい」

「このニホンの文字にどこか見覚えがある気がするのですが」

「見覚えがある……？」

異世界の住人であるベータが日本の文字を知っているわけないが……あ！

そういえば以前僕が暗号として渡した文字が日本語だったはず。

まさか解読した⁉

いや、冷静に考えるとそれはありえない。

たかが十五歳のエルフにそんなことできるはずがない。何となく形が似ているとか印象レベルの話だろう……。

「き、気のせいだろう」

「そうでしょうか……うーん」

まずいかもしれない。

もしベータがこの世界の文字を理解したら『陰の叡智《えいち》』の出所が全部バレることになる。

チョコとか紙幣とか銀行とか文学とか、あれは全て僕が独自に開発した知識だとベータたちに教えていたのだ。

早急に元の世界に帰還する必要が……あ。

そのとき、僕はハッとした。

——どうやって帰ろう？

「シャドウ様、どうかされましたか？　冷汗のようなものが……」

「た、たたた、体温調節の鍛錬だ」

その場のノリでカッコつけて退場したせいでとんでもないことになってしまったッ！

僕としたことが帰る方法を失念するとは。

「シャドウ様、お体が震えていますが……」

「か、かかか、体の振動でソニックウェーブを発生させる実験だ」

「さすがシャドウ様、常に向上心を忘れない……！」

お、落ち着け。

黒い穴に入ってこの世界に来たわけだから、また黒い穴に入れば元の世界に戻れるはず。

大丈夫、何とかなる。

とりあえず強い魔力を探せば……そう思ったとき、ふと風が通り過ぎていった。

「ん、この臭いは……」

嗅《か》ぎ慣れた臭い——濃厚な死臭だ。

田中さん家で嗅いだそれより何倍も濃くむせ返るかのような臭い。

「臭いの発生源は、あの建物ですね」

「ここは——病院か」

「病院……巨大な診療所ですか。魔力治癒の技術は発達していなかったのでしょうか」

「そのようだな」

そもそもこの世界に魔力なかったはずだし。

「死臭は上の階からかな」

「そうですね」

「行ってみるか……」

「はい」

「ジャンプしよ」

病院には魔力の痕跡を感じる。

黒い穴の手掛かりもあるかもしれない。

というわけで、二人そろってジャンプしてダイナミック入場。ガラスを盛大に割ってショートカットに成功した。

室内は暗く電気は点かない。けど僕らは暗闇でも大丈夫だ。

「病室だね」

「血痕があります」

「争った形跡もある」

「ですが死体はありません」

こういうときって大体近くに落ちてるんだよね。盗賊に襲われた被害者によくあるパターンだ。これだけ血を流したらもう遠くへはいけない。

僕らは扉を開けて廊下に出た。

「ビンゴ」

その死体は血まみれの廊下に散乱していた。

ベータは躊躇《ちゅうちょ》なく死体に触れて観察する。

「獣に食われたようですね」

「ふむふむ」

手が汚れるし臭いが服に付くのがめんどくさいからベータに任せる。

腐敗の進行から考えると死後一週間以内かな。

あ、スライム使って手袋してる。

スライム手袋か、その発想はなかった。

賢いなぁ……。

「この世界の人間で間違いないでしょう。三人分ですね。男性が二人、女性が一人。いずれも成人しています」

ベータは頭髪付きの頭蓋骨を三つ並べて言った。

「気温や湿度から考えて、死後五日程度でしょう」

「つまり五日前には、生きた人間がいた」

「他の生存者も期待できるかもしれませんね」

と、そのとき。

病院の敷地内で何かが動く気配を感じた。

「ベータ」

「え……？　あ、何かいますね」

少し遅れてベータも気づく。

気配は下の階。

「行ってみよう」

というわけで、僕らはダッシュで下の階に移動し、その生物を確保した。

それは黒い獣だった。

僕が二匹、ベータが一匹。

それの後ろ足を摑《つか》んで引きずり倒した。

「これがあの残骸の犯人でしょうか？」

「多分そうかな」

僕らはじたばた暴れる獣を観察する。

「オリアナ王国を荒らした魔物と似ていますね」

「あぁ、確かに」

言われてみれば、蝙蝠《こうもり》といっしょに召喚されていた黒い魔物に似ている気がする。

体毛は黒く、目は赤い。でも魔力の量はあれよりずっと少ない。

ライオンとクマを足したような生物だ。少ないが魔力もあるし、普通の人間では対処するのは難しそうだ。

でも僕らにとっては――。

「――弱い」

「弱いですね」

ベータが暴れる獣の首を踏みつけると、そのまま粉砕し命を断った。

ビチャッと血が飛んだから、僕は獣を盾にして避ける。

「あ、ごめんなさい」

「いいよ」

僕は両腕に持った獣を叩き付けて絶命させた。

まぁ牙の大きさから考えても、田中さん家を襲った生物もこいつで間違いないだろう。

やはり、日本で魔力が発見されて環境が変化したみたいだ。

動物がパワーアップしたのかな?

「まさかこれが、シャドウ様のおっしゃった脆弱《せいじゃく》な豚でしょうか?」

「いや、脆弱な豚はこれより弱い」

「これ以下の弱さ……生存競争でどうやって生き延びたのでしょう」

「不思議だな」

「不思議ですね」

「おっと」

次の瞬間、僕はスライムで剣を作り背後に薙《な》ぎ払い、襲いかかってきた獣をまとめて切り捨てた。

「お見事です」

そう言って、ベータも剣を作り振り下ろす。

彼女は正面から来た獣を両断するが、どこからともなく、黒い魔物が続々と集まってきた。

「ここは獣の巣だったみたいだな」

「そのようですね。日没と同時に活動を始めたのでしょう」

だから魔力の反応が小さかったわけだ。

そんなわけで、僕らは次々と襲いかかってくる獣を処理した。

いろいろあって合計五十匹ぐらい。

服に血がつかないようにスライムで盾を作りながらの戦闘だった。

「まさかとは思いますが……ニホンではこの魔物が生態系の上位に君臨しているのではないでしょうか」

「……ありえる」

魔力を使わなければ魔物を倒すのは困難だ。

普通の攻撃で傷をつけても魔物はすぐに再生する。

この程度の魔物ならマシンガン千発ぐらいぶち込めば再生不能になって倒せるかもしれないけど。それを狙うぐらいなら同士討ちを誘った方が効率がいいかも。

あっちの世界では強い魔物の処理は魔剣士の仕事、弱い魔物は普通の兵士が剣に魔力をエンチャントして対処していた。

この獣はあっちでは弱い魔物の部類だが、魔力が発展していない世界では生態系の頂点になっていても不思議ではない。

「シャドウ様、既にお気づきでしょうが――」

「ん？」

「人の気配です」

おっと、病院内に誰かが入ってきたようだ。

「接触を試みますか？」

「そうだな……高度な柔軟性を維持しつつ臨機応変に対応しよう」

西野アカネは四人の仲間とともに市内の廃病院を訪れた。

彼女は黒髪が美しい清楚な少女で、赤く染まった瞳が印象的だ。

「ここを探索中に三人は消息を絶ったのね」

「そのようです」

五日前、この廃病院に『魔獣』が棲み着いたとして三人の『騎士』が調査に向かった。

廃病院は彼女たちの拠点である西野大学に近い。放置すると巣が拡大し手が付けられなくなる可能性があったのだ。

しかし彼らは戻らなかった。

アカネは彼らの救出を要請したが上に反対された。一週間前に起きた別の事件の調査で、拠点には騎士の数が足りない。廃病院は後回しにされたのだ。

生存の可能性が低いことはわかっている。

だけど、ともに戦った仲間を見捨てるなんてアカネにはできなかった。

「調査がそんなに大事なの、人の命より……」

アカネは視線を険しくした。

強固に反対したのは魔力の研究を行っている彼女の兄だったのだ。

「アカネさん……」

「ごめんなさい、急ぎましょう」

とにかく、今は三人の生死の確認が優先だ。

もっと早く助けに来たかったが、昼間は監視が厳しく夜にしか動けなかった。

まさか兄も、アカネが夜に動くとは思わなかっただろう。

夜は魔獣の世界なのだから……。

「戦闘の準備を。奴らがいる」

病院のエントランスに入ると強い死臭が漂っていた。

即座に、全員が武器を抜いた。

刃物を持っている者が多く、アカネの武器は長い刀だ。

魔力を流すと武器が光り輝いた。

魔獣を殺すには刃物に魔力を流して斬るのが効率がいい。飛び道具では体から離れた瞬間魔力が拡散してしまうのだ。

「進みましょう」

夜の魔獣は強力だ。たった一匹で並みの騎士一人と同等の戦闘力がある。

だから慎重に進む。

廃病院の廊下を懐中電灯が照らし、コツ、コツ、コツ、と足音が響いていく。

アカネたちの侵入は既に気づかれているはずだ。

いつ仕掛けてくるか――。

「ん？」

ポタリ、と。

粘着質の水滴が落ちてきた。

「何だこれ……」

「気を付けて、上よ――ッ！」

それは天井に張り付いた魔獣の体液だった。

「う、うわぁぁぁぁぁあああああッ!!」

落下した魔獣が騎士に覆いかぶさる。

「後ろからもッ！」

「か、囲まれてる!!」

アカネは暗闇から飛び出た魔獣を躱《かわ》し、その背に日本刀を振り下ろした。

奇声を上げて魔獣がのたうち回る。

彼女はそのまま振り返り騎士に覆いかぶさる魔獣を薙ぎ払った。

「大丈夫!?」

「か、肩が……血が、ひぃぃ……」

命に別状はないが傷は深い。

「皆、落ち着いて!!　壁を背にして固まるのよ!!」

アカネは負傷した騎士を壁際に押しやり、彼を守りながら刃を振るう。

冷静さを欠いていた仲間たちも、次第に連携を取り戻していく。

何とか立て直した。

「ハァァァァアアアアッ!!」

アカネは連携を抜けて一歩踏み込んだ。

アカネの刀が眩しく輝き、そこに大量の魔力が集まる。

そして――。

「す、凄い」

「さすがアカネさん……」

彼女は三匹の魔獣をまとめて両断し戦いを終わらせた。

アカネは血糊《ちのり》を払い、倒した魔獣を確認する。

全部で七匹。そのうち、アカネが倒したのは五匹だった。

アカネは倒れた魔獣に止《とど》めを刺していく。魔獣の生命力は高く、普通の騎士では何度も斬らなければ絶命しないのだ。

あと少しで全滅の危機だった。これが夜の魔獣の恐さだ。

全ての魔獣に止めを刺し、アカネは安堵の息を吐いた。

「皆、怪我は……?」

「だ、大丈夫です」

「俺も……掠《かす》り傷だ」

「腕を切られました」

「肩が、肩がぁぁぁ……」

たった一戦で消耗が激しい。このまま進むのは危険だった。

「手当てをお願い」

「は、はい」

「あの、アカネさんは？」

「上の階を調べてきます」

このフロアの魔獣は全滅させたはず。

彼らをここに残していけば、アカネは一人で探索できる。一人なら思う存分戦える。

「い、いけません!!　アカネさんを一人にするなんて!!」

「そうです、アカネさんは救世主なんですから！」

「――やめて」

アカネは冷たい声で遮《さえぎ》った。

「私は……救世主じゃない」

「で、でもアカネさんには特別な力が……」

「皆救世主だって、アカネさんが救ってくださるって言ってます」

縋《すが》るような仲間たちの視線に、アカネは耐えきれず視線を逸《そ》らした。

確かに、アカネは普通の騎士より魔力が多い。

その力で多くの魔獣を葬り、多くの人々を救ってきた。

だが、それ以上に……。

全て兄が流した噂《うわさ》のせいだ。力を持つアカネを利用し、心の弱った人々を操っているのだ。

自分に世界を救う力なんてない。

だけど……そんなことアカネには言えなかった。

「私は、私のできることをします」

アカネは言葉を濁した。

「わかってます、俺たちはそんなアカネさんについてきたんですから」

「絶対に一人でなんか行かせませんよ！」

「……わかりました」

怪我人を連れてアカネたちは上の階へと進んだ。

一歩進むごとにアカネの精神はすり減っていき、そして濃厚な血の臭いで足を止めた。

「こ、これは……」

懐中電灯に照らされた廊下の先に、赤い血だまりができていた。それは廊下の曲がり角へと続いている。

色と臭いでわかる。

これは人の血ではない——魔獣の血だ。

それも一匹ではない。もっとたくさんの。

そして曲がり角の先を懐中電灯で照らした。

「ヒッ……」

仲間が悲鳴のように息を呑《の》んだ。アカネも思わず一歩後ずさる。

まるで血の池のようだ。

天井も壁も血で染まり、魔獣の肉塊が浮かんでいる。

何体も、何体も、数えることすらできないほど。

「いったい、何があったの……」

「な、何だこれ……」

「うそ……」

これほどの数の魔獣を倒すには、数十人の騎士を動員しなければならないはずだ。

近場にそれほどの騎士を動員する勢力が存在しただろうか。

少なくとも、アカネが所属する『メシア』の周辺勢力ではないはずだ。

いったい、誰が何のために……。

そこまで考えて、アカネは一つの可能性に辿り着いた。

「まさか、上位種……」

「そんな、上位種が……⁉」

「兄が調査している事件、そこに上位種がかかわっている可能性があるそうよ」

「……ッ」

仲間たちの顔が強張っていく。

こんなことをする勢力は近場にない。ならば人ではない存在、上位種である可能性が極めて高いのだ。

この世界の魔獣は一種類ではない。

少なくとも十種類以上が確認されているが、中でも上位種と呼ばれる極めて強力な魔獣によって、いくつも拠点と騎士が犠牲になってきた。

上位種はこの世界の恐怖の象徴なのだ。

「アカネさん、は、早く撤退を……」

「もうこの近くにはいないはずよ」

もしいたら私たちはとっくに死んでいるのだから、と心の中でアカネは付け加えた。

「調べましょう。本当に上位種だとしたら、少しでも情報がほしい」

「は、はい……」

全員が恐る恐る、動き出した。

「鋭い牙で切り裂かれています……うそ、何よこの断面……綺麗すぎる」

「鋭い爪を持っているようね」

「こ、こっちは押し潰されたみたいだ……ひでぇ」

「力も強く大きい」

「バ、バラバラだ……細切れになってやがるッ」

「そして、極めて残忍な性格」

最悪な情報が出揃っていく。

アカネの目から見ても、この上位種の力は異常だ。

全ての魔獣を一撃で倒している。

これまで、アカネは数体の上位種を倒してきた。

だがアカネがこれまで倒したどの上位種よりこの上位種は強大だった……。

「ブルートゥル……この上位種はそう呼びましょう」

「『残忍』ですか。相応《ふさわ》しいですね」

と、そのとき。

「人が……ッ！　人が倒れています!!」

「え!?」

アカネの声が弾んだ。

失踪《しっそう》した三人の生存は絶望的だと思っていたのだ。

だが希望はすぐ打ち砕かれる。

廊下に倒れていたのは見覚えのない別人だった。

「彼らは……？」

「わかりません。ここに倒れていたんですが気を失っているようです」

倒れているのは二人。

一人は黒髪の少年だった。

パーカーにジーンズ、背中にはリュックを背負っている。どこにでもいる『難民』の姿だった。

「またどこかの拠点が崩壊したのでしょうか……」

「上位種の件もあります。そう考えるのが妥当ですね」

魔獣の襲撃によって崩壊する拠点は後を絶たない。

そして生き残った人々は新たな拠点を求めて難民になるのだ。

たとえ難民になっても、魔力を扱うことができればどの拠点でも歓迎されるだろう。

しかし何も取り柄のない難民は受け入れ拒否されることも珍しくない。

それか過酷な労働を求められるか。どこの拠点も物資に余裕がないのだ。

この少年もはたして西野大学で受け入れてもらえるかどうか……。

「ア、アカネさん！　こっちの少女、髪が、髪が銀髪です！」

「え⁉」

もう一人の少女は、驚くべきことに銀色の美しい髪をしていた。

アカネは少女の帽子を取って確かめる。

少女は根元まで、美しい銀髪だった。

「まさか、覚醒者……？」

騎士の中には極めて強力な魔力を持つ『覚醒者』と呼ばれる者が存在する。

赤い瞳のアカネも、その覚醒者の一人だ。

覚醒者の特徴として、強力な魔力と肉体の変異があげられる。

アカネの場合は瞳が赤く染まったが、彼女の変異は小さい方だった。この少女のように髪色が染まる者もいれば、ひどい場合には肉体が変形することもあるのだ。

「アカネさん、彼女、耳も長いわ」

「間違いないわね。覚醒者よ」

少女の両耳は長く尖っていて、それはまるで物語に出てくるエルフのように変形していた。

「か、覚醒者……」

どこか怯《おび》えたように、仲間たちは距離を取った。

覚醒者の変異は人格にまで影響が及ぶ。

強大な魔力で人を殺して討伐された覚醒者も多い。

アカネのように人格に影響が出ていないように見える覚醒者は希少で、だからこそアカネは救世主と呼ばれているのだ。

「大丈夫、この少年と一緒にいたということは安全よ」

「そ、そうだな。きっと彼女は安全だ」

彼らの表情が少し緩んだ。

人々は覚醒者を恐れると同時に、その力を求めてもいるのだ。

「二人とも連れて帰るのですか？」

「当然よ」

「ですが、我々の拠点にも余裕はありません。彼はここに置いていけば……」

「ちょっと――ッ」

一瞬、アカネの頭に血が上った。

しかしすぐに、仲間たちの気まずそうな顔で我に返る。

「彼は少女の身内かもしれないのよ。彼女が起きたときに何て言うつもり？」

「そ、そうですね！　気分を害して出て行かれたら困りますし！」

「そうだな、連れて帰ろう！」

わざとらしく笑う彼らが、アカネの心を冷やしていく。

でも仕方ない。

皆が自分のことで精一杯なのだ。

自分は魔力が強いから余裕を持てているだけだ。そう自分を納得させて、不快感を誤魔化《ごまか》した。

「行きましょう」

アカネは少女を背負い、そして少年は仲間に任せる。少女の柔らかな温もりが背中に広がった。

とても美しい少女だ。

まだ高校生ぐらいだろう、アカネにもそんな時代があった。忘れられない、幸せな青春時代だ。

今でも辛いことがあると、アカネは当時を思い出す。あの頃のように、また彼が助けに来てくれることを想像するのだ。

でも彼が助けに来ることは絶対にない。

彼はもう死んでしまったのだから。

Not a hero, not an arch enemy,
but the existence intervenes in a story and shows off his power.
I had admired the one like that, what is more,
and hoped to be.
Like a hero everyone wished to be in childhood,
"The Eminence in Shadow" was the one for me.
That's all about it.

The Eminence in Shadow

I can't remember the moment anymore.
Yet, I had desired to become "The Eminence in Shadow"
ever since I could remember.
An anime, manga, or movie? No, whatever's fine.
If I could become a man behind the scene,
I didn't care what type I would be.
Not a hero, not an arch enemy,

五章

久しぶりの日本で暗躍する!!

The Eminence in Shadow
Volume Four
Chapter Five

アカネたちはその後、失踪した騎士三人の遺体を発見し西野大学に帰還した。

拠点の門は固く閉ざされていた。

夜の警備は特に厳重だ。

夜は魔獣が活動する時間だから。

防壁の周囲は明るい光で照らされ、その上で騎士が夜通し目を光らせているのだ。高い防壁が魔獣の侵入を拒み、魔獣が接近すればすぐに警報が鳴らされるだろう。

だがその日、警備の騎士たちが発見したのは魔獣ではなくアカネたちだった。

「報告はそれだけか」

アカネを出迎えたのは彼女の兄、西野アキラであった。白衣にメガネをかけ、神経質そうに顔を顰《しか》めている。

「はい。責任は全て私にあります」

アカネは負傷した仲間を医療チームに預けて兄に報告を終えた。

夜間に無断で騎士を連れて外出した責任はアカネにある。兄とは意見の対立もあるが、今回の責任について言い逃れするつもりはなかった。

「それを決めるのはお前ではない」

「彼らは私の命令に従ったまでです」

「本当か?」

「はい」

アカネの返答に、アキラは唇を歪《ゆが》ませて笑った。

「後で全員に話を聞くつもりだ。彼らはなんと言うだろうな。お前に従ったのか、自主的についていったのか」

「……」

アカネは彼らに命令していない。むしろ、一人で行こうとした。彼らが無理やりついてきたのだ。

「嘘《うそ》の証言が不利になることはわかっているな?」

アカネは俯《うつむ》いた。

「だが、僕も鬼ではない。難民を二人連れ帰ったそうだな。うち一人は覚醒者だと」

「……はい」

「どこにいる。案内しろ」

「彼らは意識を失っています。意識が回復し落ち着いたら——」

「今すぐ案内しろ」

「……はい」


アカネが二人を運んだのは、居住エリアにある診療所だった。

拠点の居住エリアはどこも過密化している。アカネの部屋があるこのエリアでも、廊下で寝ている人々が目立つ。

「ここです」

アカネが部屋に入ると、室内から明るい声が響いた。

「アカネさんですか、ちょうどよかった。今この子が目を……」

出迎えたのは白衣を着た優しそうな女性だった。

彼女はアカネの背後にいたアキラを見ると言葉を止めた。

「ユウカ先生、話していいわ」

アカネが促すと、ユウカと呼ばれた白衣の女性はおずおずと話し出す。

「少年がたった今、目を覚ましました」

室内には二つのベッドがあり、そのうちの一つに少年が、もう一つに少女がいた。

少女はまだ目を覚ましていないようだったが、少年の方は体を起こしてこちらの様子を窺《うかが》っている。

「あ、あの、ここは……？」

不安そうに少年が訊《たず》ねる。

「ここは西野大学よ。病院で倒れていたあなたたちを保護したの。思い出せる？」

ユウカが優しい声で話しかける。

「病院……？　どうして病院に……」

「記憶に混乱があるようです」

ユウカが声を潜めて言う。

「大丈夫なの？」

「おそらく、魔力の影響による一時的なものです」

「もしかしたらブルートゥルを目撃したのかもしれないわ」

「報告にあった上位種か。だとしたら、早急に思い出させろ」

ユウカは曖昧《あいまい》に頷《うなず》いて、再び少年に話しかける。

「何か思い出せる？　名前は？」

「名前……？　な、名前は……ミノルです」

ミノルと名乗った少年は絞り出すかのように言った。

アカネはその名前を聞いて、ふと彼のことを思い出しそうになった。

どこか雰囲気が似ている。

そう感じてしまったのだ。

「苗字は？　思い出せない？」

「かげ……お、思い出せません……」

「そう、じゃあ一緒にいた少女のことは思い出せる？」

「少女……あ、ナツメ⁉　ナツメは無事ですか⁉」

少年はハッと目を見開いた。

「彼女はナツメというのね？　無事よ、そこにいるわ」

「よかった……妹が無事で」

ミノルはほっと胸をなでおろした。

「妹なのね。彼女のことは何か覚えている？」

「妹は……えっと、その……」

「わかっているわ、覚醒者なのよね？」

「は？　は、はい！　耳が少し長くて、銀髪だけど……」

「ええ、でもいい子なのよね？」

「は？　はい！　それで、実は言葉も喋《しゃべ》れなくて……」

「言葉も……大変だったのね」

言葉が話せなくなったということは、かなり重い変異だったのだろう。

意思の疎通も大変だったに違いない。

「私はユウカ、ここの医師よ。彼女のことは責任をもって――」

「――彼女は僕が預かろう」

アキラが話を遮ってミノルに話しかけた。

「え、えっと、あなたは……？」

「僕は西野アキラ、ここの責任者の一人だ。元々研究者をやっていてね。今は魔力や覚醒者について研究をして、人々を助けるために日々頑張っているんだ」

「そ、そうなんですか……」

「君の妹も変異で大変だったみたいだね。僕もよくわかるよ、なぜなら僕の妹も覚醒者だからさ」

「あなたの妹も……」

「ナツメさんのことは僕に任せてくれないか？　必ず僕が彼女を話せるようにしてみせるから」

「え、でも……ナツメにも聞いてみないと」

「ん？　彼女は話せないのではないのかな」

「あ、えっと、話せないんですが、ジェスチャーとかいろいろで意思の疎通はどうにか……」

「なるほど、自我はある程度あるということか……」

アキラは難しい顔で考えた。

「お兄様、彼女はまだ目覚めていませんし、彼も混乱しているようなので後日改めて聞いてみてはどうでしょうか」

「……少し急だったかもしれないね、今夜はゆっくり休んでくれ。心配しないで、君たちはもう僕ら『メシア』の仲間なんだから」

「あ、ありがとうございます……」

アキラは優しい声で少年を労《いたわ》ると、アカネを連れて部屋を出た。

そして冷たく嗤《わら》う。

「世間知らずの子供だな」

「彼らをどうするつもりですか」

彼は答えずに「ククッ」と低い声で嗤って、校舎の方へ去っていった。

「もういいよ」

薄闇の診療室にシドの声が響いた。

あれからしばらくして女医も退室し、室内はベータとシドの二人だけだ。

「シャドウ様……」

ベータが目を開けると、彼は窓枠に腰かけ憂いを秘めた表情で月を見上げていた。その漆黒の瞳で、遥《はる》か先の未来まで予測し計画を練っているのだろう。

「もうこの世界の言葉を話せるのですね」

先ほどの現地人とのやり取りでベータにとって一番の驚きはそれだ。

たった数時間で文字を理解していたことにも驚いたが、実際に発音し話すことができるとは誰が想像できようか。

「気絶したふりをしている間に会話を聞いていた。細かな音、口の使い方、そして表情から意味を繋《つな》ぎ合わせていった。簡単な作業さ……」

こともなげに言ってみせるシャドウを、ベータは強い尊敬の眼差しで見つめた。

会話を聞いたといっても、それはほんの少しの間にすぎない。そして現地人の反応を見ると、それが極めて自然な発音だったことも推察できる。

言語の理屈を完全に理解し最短で答えを導き発音すらマスターする、まさに神業だった。

「僕の名前はここではミノル、君の名前はナツメだ。僕らは兄妹という設定だ」

「兄妹ですか」

「その方が都合がよかった。ナツメは言葉が話せないことになっている」

「実際、話すことができませんので都合がいいですね。ですが早く話せるよう努力します」

「いや、話せない方がいいかもしれない……よくわからないがそんな気がする」

「そういうことですか……話せないままでいることにします」

ベータに言葉を話せない演技をさせることで、相手を油断させ情報を集める計画なのだろう。

言葉を話せないことを逆手に取った妙案だ。

ならばなおのこと、一刻も早くこの国の言語を理解する必要がある。

「これからのことを話そう。僕はこの拠点で情報を集めるつもりだ」

「情報ですね……」

彼はこの世界に力を得るためにやってきたと言った。

では、その力とは何か？

それはこの世界の技術と知識だ。

この世界の文明は元の世界に比べて遙かに高度な発展を遂げている。

それを持ち帰れば、シャドウガーデンは飛躍的に進歩する。それこそがシャドウガーデンにとって最も価値のある力であり、だからこそ彼はそれを求めたのだとベータは判断した。

「そこで、別行動を提案する」

「別行動ですか？」

「ナツメは耳や髪の色が他と違うことで病気だと勘違いされているんだ」

「さすがです」

おそらく、彼が巧みな話術でそう勘違いさせたのだ。異なる視点から情報を集めるために——。

情報を得るための最短の道は既存のコミュニティに属することだ。

彼は高度な柔軟性を維持しつつ臨機応変な対応をすることによって、このコミュニティに怪しまれることなく潜入することに成功したのだ。

後はこのコミュニティからできる限りの技術と知識を盗み出し、帰還すればいい。

帰還方法はモードレッドの魔力を探せばわかるだろう。ラグナロクと融合した彼は、必ず元の世界と繋がっている。

見つけ出せば『黒キ薔薇』を再現させる自信がベータにはあった。

「ナツメの病気をここの偉い人が診たいらしい」

「わかりました。そういうことですね……」

ベータはコミュニティの中枢に侵入し情報を収集する仕事を任されたのだ。

「そういうこと。くれぐれも病気のふりをするのを忘れずに、あまり活発な動きは控えるように」

「はい、仮病がバレるようなへまはしません」

表面上は病気の演技を徹底して油断を誘い、裏では立場を利用し積極的に情報を盗み出せと彼は言っているのだ。

「さっそく明日にでも、西野アキラにナツメのことを頼むつもりだ」

「はい。報告はどのような形で行いましょう」

「僕が直接出向く」

つまり、期日はない。ベータの裁量に任された。

「──御意のままに」

「うむ」

彼は落ち着いた様子で、水差しの水をコップへ注いだ。

初めての場所、初めての世界だというのに、緊張や動揺が全く見られない。その姿はまるで、この世界が第二の故郷であるかのように馴染んでいた。

このように立ち振る舞えるのは、絶対の自信があるからだ。

いつでも、どこでも、どんな状況でも、乗り越えることができるという揺るぎない自信が。

この瞬間を忘れないように、ベータは布団に隠れて『シャドウ様戦記完全版』に全てを書き記した。

明日から本格的な情報収集が始まる。

しかし彼はたった数時間で、言語を理解し必要な情報をまとめ最適な計画を立案した。そしてベータをコミュニティの中枢へと送り込むことに成功したのだ。

おそらくほんの数日で、このコミュニティは丸裸にされるだろう。

ベータはそう確信した。


新しい朝が来た、希望の朝だ！

僕はベータを朝一で西野アキラに押し付けて、清々しい空気を胸いっぱいに吸い込んだ。

これで彼女は自由に動き回れなくなった。

日本語の習得も遅れるはず。しばらく僕の嘘がバレることはないだろう。その間に元の世界に戻る方法を見つければいいのだ。

「ふふふ……完璧な計画」

さて、問題はベータが日本語を覚えるのにどれぐらい時間がかかるかだが……彼女頭がいいからな。

半年……ぐらいかかるよね？

だがここはあえて厳しく見積もって三カ月としよう。

三カ月もあれば何かしら元の世界に戻る手掛かりが摑《つか》めるだろう。この世界に来られたということは、どこかで必ず元の世界に繫がっているはずなのだ。

とりあえず強い魔力、黒い穴、そのあたりの情報を集めつつ——この日本を楽しもうじゃないか。

ここは前世で僕がいた世界でほぼ間違いない。

半壊していたけれど僕の家もあったし、何と元クラスメイトでもある西野アカネがいた。再会した彼女は二十歳前後といった印象だった。

つまり僕が死んでから数年経っている。その数年で何があったのか……魔力的な事件があったのは間違いないはずだ。

絶対何かある、面白いイベントが必ずある。

そして異世界より現れた強大な力を持つ漆黒の実力者が崩壊した日本に降臨するのだ。

意味深な笑みを浮かべたそのとき、部屋の扉がノックされた。

「ミノル君、おはよう」

「あ、あなたは昨夜の……」

「自己紹介がまだだったわね。私は西野アカネ、ここで騎士をしているわ」

診療所の扉を開けると、そこには懐かしい制服姿の西野アカネがいた。

黒い髪に赤い瞳。以前の瞳は黒だったけど、魔力的な何かで赤くなったらしい。よくわからん。

白いブレザーにチェックのスカート、そして黒いタイツ。懐かしい母校、桜坂高校の制服だ。

昨日も彼女はこの制服姿だった。

「その制服……」

「これ？　桜坂高校の制服よ。『メシア』では騎士がこの制服を着用するの。警官は制服を着用していたでしょ、それと同じ感覚よ」

彼女はその場でクルリと回った。

「そうなんですか。記憶がまだ混乱していて……」

「そうよね、少しずつ思い出していけばいいわ。わからないことがあったら何でも聞いて」

「ありがとうございます。さっそくですが、質問してもいいですか」

「もちろんいいわ。でも、その前に……」

彼女は柔らかく微笑んで、

「朝食にしない？」

そう言った。


大学のピロティーにはたくさんの人々が集まり、炊き出しの前で長い列を作っていた。

僕らもその列の最後尾に並ぶ。

「驚いたでしょ？」

「え？　はい……」

どこが驚くポイントなのか僕にはわからなかった。

『メシア』ではこれだけの人々に炊き出しすることができるのよ。構内に発電設備があるから、最新のプラントを稼働して食料を生産しているの」

少し誇らしげに彼女は言う。

「治安も安定していて、周辺では最も人口が多い拠点よ」

「凄いですね」

「でも、だからこそ問題もある」

「ふむ？」

「騎士の数が足りていないの。騎士一人で百人以上の住民を守らなければならない。騎士の負担が大きくて死傷者も増えているわ……だから、彼女も」

「彼女……？」

「ナツメさんだったわね、今朝兄の研究室で見かけたわ」

「はい、やっぱりアキラ先生に治療を任せた方がいいと思って……」

「そう……ごめんなさい」

「どうして謝るんですか？」

彼女は少し言葉を詰まらせて首を振った。

「何でもないわ。彼女のことは任せて。私もできる限りのことはするから」

「お願いします」

しっかり監視して外に出さないようにしてくれよ。

「兄は……凄い研究者なの。発電機も、プラントも、兄が動かせるようにしてくれた。でもその設備を他の拠点の連中が狙っている」

「そうなんですか」

「だから焦って戦力の拡大を急いでいるの」

聞こえないように、小さな声で彼女は言った。

僕らは炊き出しを受け取って芝生の広場に移動した。

「あの、質問いいですか」

座って食べながら話を続ける。

「ええ、もちろんよ」

玄米と野菜のお粥《かゆ》だ。味付けは味噌かな。健康的だけど質素だ。

でも、彼女はこれを誇っていた。この世界ではこれが良質な食事なのだろう。

「記憶が混乱していて、忘れていることもたくさんあって、いろいろと整理したいから最初からざっと流れを知りたいんです」

「最初からっていうと……」

「えっと、日本がこうなった日というか」

「つまり三年前の事件からでいいかしら」

なるほど、事件は三年前ね。

「はい、流れだけでいいので」

「わかったわ……三年前、突然魔獣が現れて世界が一変したことは覚えているわよね。既存の武器は奴らに対して足止めにしかならなくて、およそ一年で人類は驚くほど減少した。その数は十分の一とも、百分の一とも言われているけれど、もう誰も正確な数字はわからない。でも、その間にも人類は少しずつ学んでいった」

彼女は雑炊を食べ終えてお椀《わん》を置いた。

僕はまだ食べかけだ。

「魔獣は夜行性で、昼間は巣にこもっている。それがわかってから人類は昼間活動し、夜は警戒するようになった。四六時中奴らの襲撃に怯える必要がなくなったの。それから少しずつ、少しずつ、力と知識を蓄えていった」

魔獣ってやっぱりあの弱い魔物のことか。

魔物は夜行性が多いからね。でも全部が夜行性じゃないから注意しよう。

「最初に魔力の存在に気づいたのは海外の研究者だったらしいわ。連絡の手段がほとんど途絶えていたから真偽は定かではないけれど、海外では『騎士』と呼ばれる存在が魔獣に対抗していると。その噂《うわさ》が流れてから、日本でも魔力の研究が始まった。皆藁《わら》にも縋《すが》る思いだったのよ」

世界はとても面白いことになっていたようだ。

僕が死ぬ直前に見た二つの魔力の光は魔獣が出現する予兆だったのかもしれない。いや、きっとそうだ。

「そして、日本にも初めての『騎士』が誕生した。それがちょうど一年前。日本人とはかけ離れた黄金の髪を持つ少女は『はじまりの騎士』と呼ばれ人々の希望となるはずだった。けれど、その期待はやがて裏切られた。彼女は覚醒者で、あまりにも大きな魔力のせいで人格が壊れていたのよ。そして、ついに彼女は『アルカディア』の住人を虐殺し姿を消した」

彼女の声はなぜか震えていた。

僕は雑炊をかき込んだ。ごちそうさま。

「アルカディアは日本で最後の理想郷と呼ばれていた拠点だった。たくさんの研究者が集まり、たくさんの騎士が誕生し、たくさんの人々がアルカディアを目指したの。アルカディアは『はじまりの騎士』が膨大な数の魔物を葬ったおかげで造られた拠点よ。だけど、だからこそ、彼女がアルカディアを滅ぼしたことに人々は大きな衝撃を受けた。楽園は崩壊したのよ……」

彼女は何かに怯えるかのように、自分の肩を強く抱いていた。

「大丈夫？」

「だ……大丈夫よ」

ならいいけど。

覚醒者のことはよくわからないけれど悪魔憑《つ》きと似たようなものと考えて大丈夫そうかな。

「希望を失った人々は自分たちのことだけを考えるようになった。拠点と拠点で争いが始まり、騎士を奪い、物資を奪い、そして多くの命を奪った。そうやって、日本は破滅に向かっている……」

まぁ他の国も似たようなものだろう。

「兄はアルカディアの生存者だったみたい」

「……みたい？」

「私も当時のことはあまり覚えていないの。魔力の影響で記憶の混乱があるみたい……」

彼女は暗い顔をして言った。

「もともと私たちは一族で西野大学を拠点にしていたんだけど、兄は研究のために『アルカディア』へ行っていたのよ。だから騎士や覚醒者のことは誰よりも深く理解していて、人々を助けるために研究を続けている……そう信じたい。でも誰も兄の研究を理解できないの。兄にしかわからないのよ……」

「そうなんですか……」

とりあえず神妙な顔を作っておく。

「ごめんなさい、ミノル君にこんなこと言っても仕方ないのに」

「そんなことないですよ」

「何だか初めて会った気がしないの。ミノル君といると安心して、懐かしい気持ちになって、昔のことを思い出して……変だよね」

彼女は少し寂しそうに微笑んだ。

「それで、どうかな。少しは思い出した？」

「え？　はい、思い出してきたような……」

「思い出したらでいいんだけど、ミノル君たちがいた拠点はどうなったかわかる？　魔獣に襲撃されたのか、それとも人間に……」

「ウウッ……アタマが……ッ！」

「む、無理しないで！」

記憶が混乱しているから都合の悪いことは思い出せないのだ。

「大丈夫、少しずつ思い出していけばいいからね」

彼女は考える人ポーズでいる僕の背を擦《さす》ってくれた。

その優しさに甘えるとしよう。

それから当たり障りのない話をして、彼女は騎士の仕事に向かい、僕は診療室に戻った。

「どこに行ってたんですか！」

診療室に戻るとユウカ先生が頬を膨らませて待っていた。僕は事情を話して謝罪する。

「もう、アカネさんも言ってくれればよかったのに。心配したんだから。もうすぐスタンピードだから荒れている人が多くて危険なのよ」

ユウカ先生は僕の血圧とか体温を計りながら言う。

「あの、スタンピードって？」

「それも忘れてしまっているのね……もう体の方は問題なさそうだから、魔力の影響が抜ければすぐに記憶も戻るはずよ。スタンピードっていうのはね、魔獣の暴走と言えばわかりやすいかしら」

「暴走……？」

「そうよ。魔獣が群れで巣を作るのは知っているわね。奴らはそこで繁殖し数を増やしていく。その数があるラインを超えると、魔獣は暴走するの。増えすぎた群れを分けているのだと考えられているわ」

「暴走するとどうなるんですか？」

「食料を確保して、新たな巣を作る準備をするのよ。食料とはつまり私たち。スタンピード中の魔獣は暴走し、命が尽きるまで決して諦めない。だから危険なのよ」

「……もうすぐスタンピードが発生しそうな巣が近くにあるんですね」

「ええ、その通りよ」

ユウカ先生は深刻な顔をして、一枚の地図を広げた。地図には印と日付がいくつも書き込まれている。

「ここがあなたたちが発見された病院ね。一番新しい魔獣の巣だったけれど、規模が大きくなる前に討伐できてよかったわ」

そう言って、彼女は病院の印に斜線を入れて、昨日の日付と討伐済みの文字を書き加えた。

「他にもたくさんあるんですね」

「そうよ。西野大学周辺の巣は全部で二十九個。そのうち、討伐済みの巣は十四個しかないの」

「まだ十五個も残っている……」

「見ての通り、近場の巣の多くは討伐しているわ。巣が巨大化する前に発見できることが多いから」

「巨大化したらどうなるんですか？」

ユウカ先生は首を振った。

「巨大化した巣は『メシア』の戦力だけでは討伐できないわ。他の拠点と合同で討伐するしかないんだけど、これも難しいの。大規模な巣は拠点から離れていることが多い。つまり、討伐中は拠点の守りが甘くなる。そこを魔獣や敵対拠点に襲われたら……」

「なるほど。かといって、中途半端な戦力を出しても意味がない」

彼女は頷いた。

「拠点から一定以上の距離を離れると、魔獣の大規模な巣が次々と発生しているの。この日付を見て。ここ一年以内に、大規模な巣が少なくとも七個は発生しているでしょ」

「このまま規模が拡大すると大変ですね」

「騎士たちが巡回して小規模なうちに潰すようにしているのだけど、今の戦力では巡回にも限りがある。かといって、他の拠点も余裕はないし……」

彼女は深いため息を吐《つ》いた。

「でも、本当に問題なのは遠くにある拠点じゃない。遠くの拠点はね、仮にスタンピードが発生しても暴走した奴らが『メシア』に来るとは限らないから」

「他の拠点に行く可能性もあるということですね。あるいは、もっと遠くへ」

「そう、だから深刻な問題になっている拠点はこっち」

そう言って、ユウカ先生は地図の一点を差した。そこは僕にとってもなじみ深い場所だった。

「桜坂高校……」

「西野大学から一キロメートルのここに、近隣最大の巣があるの。三カ月に一度、この桜坂高校でスタンピードが発生する。そして暴走した魔獣は必ず『メシア』を襲撃するのよ」

「『メシア』は拠点の環境は充実しているが、周辺環境はよろしくないというわけですね」

「それが『メシア』の一番の問題よ。何度も近隣の拠点に呼びかけて巣を討伐しようとしたわ。でも、できなかった」

「桜坂高校でスタンピードが起きても西野大学を襲うのがわかっているからですね。手を貸す必要がない」

「いろいろと交換条件も提案したんだけど無駄だったみたいね。だから『メシア』には戦力が必要なのよ。スタンピードでは必ず騎士が命を落とすわ。多いときには何十人も……しかも今回は上位種がいるかもしれない」

「……上位種？」

「通常の魔獣より強力な種族よ。最近、周辺で上位種の痕跡が発見されているの。おそらく同一の個体、アカネさんはブルートゥルと名付けたわ」

「ブルートゥルですか……」

ちょっと強い魔物かな？

「もしブルートゥルがスタンピードに参加したら多くの騎士が命を落とすことになるわ。そしていずれ『メシア』から騎士がいなくなり全滅する、皆それを恐れているの。だからスタンピードが近づくといつも――」

そのとき、外から怒鳴り声と荒々しい物音が響いた。

一人、二人の騒ぎではない。十人以上だ。

「喧嘩《けんか》よ、死人が出ることもあるわ。騎士が来るまで絶対に外に出ちゃダメ。スタンピードさえなければ『メシア』は充実している。第二のアルカディアになれるかもしれないぐらいに……だから普段は治安がいい。多少のトラブルがあっても、皆歯止めが利くから」

外の喧騒は収まるどころかどんどん大きくなっていく。

このまま百人規模の大乱闘か⁉

と乱入したくてうずうずしていたが、遠くでアカネちゃんの声が聞こえた。

「アカネさんが来たみたいね、もう大丈夫よ」

彼女はほっと息を吐いた。

「さて、ここからは私の仕事、怪我人の手当てをしてくるわ」

「気をつけて」

彼女は腕まくりをして診療所から出ていった。

僕も腕まくりをして地図を広げた。

「どれにしようかな、て、ん、の、か、み、さ、ま、の……」

日が暮れて、空が茜《あかね》色に染まっていく。

アカネはそれを見上げながら、大きく息を吐いた。今日の仕事が終わったのだ。

今日の勤務は昼番だった。昼番の仕事は大きく分けて二つ。拠点外の見回りと、拠点内の見回りだ。

拠点外の見回りは、普段は魔獣の巣の早期発見が仕事だ。しかし、他に調査の仕事が入ることもある。今日はアキラの指示で上位種の痕跡を調査しているらしい。アカネは参加していないため詳細はわからないが。

今日のアカネの仕事は拠点内の見回りだった。簡単に言えば警察のように住民のもめごとを解決する、普段なら楽な仕事の部類である。

しかし今はスタンピード前。昼前に大規模な暴動が起こり、午後からトラブルが続いて散々だった。

さらに明日からは最も危険な夜番の勤務である。

「疲れた……」

アカネは大きく伸びをした。

「お疲れ様」

背後から声をかけられて振り返ると、そこに白衣の美女がいた。

「ユウカ先生……」

「今日は大変でしたね」

「ユウカ先生も、怪我人がたくさん出て大変だったでしょう」

「死人が出なくて幸いだったわ。アカネさんが早く来てくれたおかげですよ」

そして二人は疲れた笑みを浮かべた。

「それで、彼のことなんですけど……」

「彼？」

「ミノル君のこと。今日一日様子を見たけれど、体調の方はもう大丈夫。後は記憶が戻るのを待つだけですね」

「よかった」

「それで、今晩は診療所で預かるつもりだけど、明日からはちょっと難しいんです。今日の暴動で診療所もいっぱいで、彼を置ける場所がなくなって……」

「あぁ、そうでしたね。わかりました、生活課の方へ彼の部屋を頼んでおきます」

「そこなんですけど……」

ユウカは難しそうに眉を寄せた。

「どうかしました？」

「ミノル君、まだ記憶が混乱していてわからないことも多いみたい。『メシア』のルールも教えていかないといけないいし、慣れたら仕事もしてもらわないと。だから、誰か面倒を見てくれる人がいないと大変だと思うんです。本当は私の仕事なんですが、今日のことがあって診療所が大変で……」

「そっか、そうですよね……」

考えてみれば当然の話だった。『メシア』の治安がいいとはいえ、記憶喪失の少年が生きていくのは難しい。今はスタンピードの前だからなおさらだ。

彼の顔を思い浮かべたとき、ふと妙案を思いついた。

「私がミノル君の面倒を見ます」

「え、アカネさんが？」

「ちょうど部屋も余っていますし……」

「まさか一緒に住むつもりですか？　ミノル君は男の子ですよ」

「まだ十五歳ぐらいですよ。子供です」

「アカネさんだってまだ二十歳でしょう」

「成人していますよ。それに私騎士ですから、何かあっても大丈夫です」

「本気なんですね……アカネさんなら大丈夫でしょう」

ユウカは諦めたようにそう言った。

アカネは自分でも、なぜ彼の面倒を見ようとしたかよくわからなかった。普通に考えれば同僚の男性騎士に頼んだ方がいいはずだ。

でもなぜか、彼のことを傍《そば》に置いておきたかった。

「じゃあミノル君のことはお任せします。今晩は預かるので明日の朝に迎えに来てください」

「今日のうちに部屋を掃除しなきゃ」

そして二人は笑い合って別れた。

辺りはもうすっかり暗くなっていて、アカネは足を早めた。

と、そのとき。

「よう、面白い話をしてたな」

建物の陰から大柄な男が現れた。

「冴島《さえじま》副団長……お疲れ様です」

アカネは少し顔を顰《しか》めた。

「おいおい、他人行儀な挨拶は止めてくれよ。同じ高校、同じクラス出身の仲間だろ、アカネちゃん」

冴島ユウダイは鋭い目を細めて笑った。

体格のいいがっしりした男だ。顔もゴリラ似だが悪くはないらしい。アカネはちっともそう思わなかったが、ゴリラ界屈指のイケメンと評判だ。

高校の頃は柔道部で全国大会にも出場した猛者《もさ》だった。アカネと同じ桜坂高校出身でクラスメイトだったが、昔から彼のことがあまり好きではなかった。

いや違う。大嫌いだった。

舐《な》めるようにアカネを見るその目つきが、何よりも嫌いだった。

「上司と部下ですので」

「おいおい、そりゃないだろうアカネちゃん」

彼は馴れ馴れしくアカネの肩に手をのせた。

鳥肌が立った。

こんな男だが、これでも『メシア』の騎士団の副団長であり、アカネにとっては上司になる。騎士としての実力も高く、アカネを除けば『メシア』でも三本の指に入る実力者だ。

「昨晩男を拾ってきたって？　騎士団でも噂だったぜ」

「勤務は終わったので帰らせていただきます」

「おい、待てよ。仕事の話だ。銀髪の女を拾ってきたのは上出来だ。覚醒者だって話だし戦力が増える。だが、男はいらねぇ。騎士に余裕がないのはわかってるだろう。負担が増えるような真似するんじゃねぇよ」

「……確かに拠点には騎士が足りませんが、今さら一人増えたところで負担は変わりません」

「さっき自分で言っただろ、俺たちは上司と部下の関係だってな。上司に口答えするんじゃねぇ」

冴島はアカネの肩を強く摑んだ。

「……わかりました」

「俺はアカネちゃんの態度が問題だと思ってんだ。確かに一人増えたところで拠点の負担は変わらねぇ。だけどな、アカネちゃんを真似して他の連中も人を拾って来たら大変なことになる。一人ぐらい問題ないって考え方は責任感がねぇよな、『救世主』様」

冴島がアカネの顔を覗《のぞ》き込むように言う。ムカつく顔だ。

「『救世主』様は昨日も命令無視で部隊の騎士に怪我《けが》をさせた。全く責任感がない。そんなんだからいつまで経っても副団長になれねぇんだ」

「なるつもりもありません」

「口答えするんじゃねぇよ」

そして冴島はアカネの肩を抱くかのように引き寄せた。

「やめてください……ッ」

「これは部下への指導だぜ、アカネちゃん。問題ある団員が男を拾ってきた。さらにその男を明日から部屋に連れ込むらしい。風紀の乱れだなぁ。どんな男か、会わせてくれよ」

「やめて、くださいッ」

「そっか、嫌かぁ……だったらそいつを魔獣の巣に放り込んでやる。危険人物かもしれねぇから、副団長として早めに処理しとかねぇとなぁ！　だが、アカネちゃんの態度次第で見逃してやってもいい。わかるだろ？」

冴島はアカネに顔を近づけて抱き寄せる。

「――やめて」

次の瞬間、弾かれたように冴島が体を離した。

アカネは濃密な魔力を纏《まと》っていた。その量は冴島の軽く数倍はある。しかもこれで全力ではないのだ。

冴島の頬に冷汗が流れていった。

「てめぇ……た、立場がわかってんのかッ！」

彼は怯《ひる》んだ己を恥じるかのように、赤く顔を染めて怒鳴る。

「わかっているつもりです」

「いいやわかってねぇ、全くわかってねぇなぁ！　俺は知っているんだぜ、全部なぁッ!!」

「知っている？　何を知っていると――」

「――人殺し」

アカネの表情が凍った。

「全部知っているんだよ、人殺しのアカネちゃん」

アカネの顔から血の気が引いていく。信じられないものを見たかのように目を見開いて。

「自分の立場をよぉく考えるんだなぁ。白けちまったし、指導はまた今度だ」

「ち、ちがッ……私は……」

「何も違わねえよ——人殺し」

冴島は踵《きびす》を返して遠ざかり、後には呆然《ぼうぜん》と佇《たたず》む少女が残された。


そこは真っ白な廊下だった。

床も壁も天井も、全て白で統一された無機質な廊下。黒い髪と赤い瞳の西野アカネは、無機質な表情で歩いていた。

まるで感情をどこかに置き忘れたかのように、淡々と一定のリズムで歩いていく。

そして彼女は、一つの扉の前で止まった。

白い扉だ。暗証番号を入力しロックを解除して入室した。

「目が覚めたみたいね」

アカネは微笑んでそう言った。無機質な表情はどこにもなかった。

「アカネさん、お疲れ様です。昼頃に目覚めたんですよ」

白衣の女性研究者が答えた。アキラの部下だ。

室内には白いベッドが置かれている。そこで、銀髪の美しい少女が体を起こしていた。猫みたいな青い瞳に泣きぼくろ、覚醒者のナツメである。

「初めまして、私は西野アカネよ」

アカネが自己紹介をすると、ナツメはかわいらしく首を傾《かし》げた。

「彼女、やっぱり言葉がわからないみたいです」

研究者が言った。

「文字も全くわからないの？」

「ええ、そうみたいで……絵本を読み聞かせていたところです。興味はあるようなので、続けていけばいずれ話せるようになるかもしれませんが」

彼女は読みかけの絵本を開いていた。

マイナーな絵本だった。

大学の図書館には有名な作品も多数あったはずだが、おそらく貸し出されているのだろう。

この拠点でも毎年子供が生まれてくるのだ。

人口の問題は深刻だったが、子供を産むなとは言えないのが現実だった。種を残さなければ人類はいずれ滅ぶのだから。

「綺麗《きれい》な子ね……」

「そうですね」

ナツメは誰が見ても覚醒者とわかる容姿をしていた。言葉もわからず辛い目にあったはずだ。にもかかわらず、ナツメは無垢《むく》な瞳でアカネを見つめている。人に対する警戒心はないようだった。きっと、優しい子だったのだろう。

「何を見ているのかしら」

青色の瞳は、部屋の机の上を見つめていた。そこにあったのは薄型の液晶時計だ。

「この時計が気になるの？」

アカネが手に取って渡すと、ナツメは大きな目を輝かせて喜んだ。ただの液晶時計なのに物珍しそうに触るその姿は演技には見えない。

彼女の人格は幼いのだ。何も知らない、無垢な子供のままなのだ。

「ふふふ、楽しそう」

本当に、ナツメは楽しそうに液晶時計に触っている。何度も回して、素材に触れて、間近で観察する。それはまるで、初めて与えられたおもちゃで無邪気に遊ぶ子供だった。

「彼女は何にでも興味を持つんです。ベッドのフレームを何度も触って確かめて、ねじやボルトを見て目を見開いていたんですよ」

「好奇心旺盛なのね」

「はい。シャープペンシルを渡したら、三十分は返してくれなかったんです」

「かわいいなぁ」

「ええ、ほんとに」

そのとき、ピピピっと音が鳴った。

「わッ」

驚いたナツメが液晶時計を落としてしまったようだ。

「アラームが起動したのね。驚いた？　大丈夫だよ」

アカネは頭をなでて優しく話しかける。

女性研究者が液晶時計を拾って机の上に戻すのを、ナツメが残念そうに見ていた。

「あ、時間が違いますよ」

アカネが指摘した。

「触っているうちに時間がズレちゃったのね」

そう言って、研究者は液晶時計の時間を直そうとする。

しかし彼女はどういうわけか首を傾げてポケットに手を入れた。

「あら、どこかしら……」

「どうかしたんですか？」

「いつもデジタルの腕時計をしているのよ。それで時間を合わせようと思ったんだけど、ポケットにもないし……」

「今日は忘れたとか……？」

「いつもしているから、そんなはずないと思うんだけど。おかしいな……」

「それなら落としたのかもしれませんね」

「そうね、バンドも古くなっていたし落としたのかも」

女性研究者は諦めたようにため息を吐いて、ナツメと目が合った。

彼女はその青い瞳で、じっと見つめていたのだ。まるで二人を観察するかのように。

でもそれは幻だったのかもしれない。

すぐにナツメは無邪気に微笑んで首を傾げたのだ。私は何も知りませんよと言うかのように。

「かわいいなぁ」

「お姫様みたいですね」

二人は時計のことは忘れて、ナツメの頭をなでる。ナツメは二人にされるがまま微笑んでいた。

しかしその視線は二人の口の動きをじっと見ている。

そして真似するように、唇と喉を動かした。音は出さない。見つからないように、小さな動きで繰り返していた。

そのとき、部屋の扉が開いた。

「おい、僕のカメラを知らないか？」

入ってきたのは西野アキラだ。

「カメラですか。いつも記録に使っている？」

「あぁ、いつものカメラだ。今朝はあったはずなんだが……」

彼はいつも小型のデジタルカメラを記録用に持っているのだ。

「この部屋にはありませんよ。落としたんじゃないですか」

「くそ、どこいった」

彼は苛立《いらだ》たしげに室内を見回して、じっと見つめる青い瞳と目が合った。

「まさかお前か――？　確か、今朝この部屋に来るまではあったはずだ」

「ちょ、ちょっとお兄様、彼女が盗《と》るはずないですよ」

ナツメはかわいらしく首を傾げると、何も知らない無垢な子供のように微笑んだ。

「……それもそうだな」

アキラも毒気を抜かれたようだ。ため息を吐いて気持ちを切り替える。

そして部屋のノートパソコンを開いてパスワードを解除し作業を始めた。

「お兄様、ナツメさんの変異は治るのでしょうか」

「さぁな」

アキラはそっけなく答えて作業を続ける。

その瞬間、ナツメの視線が凄《すさ》まじい速さで動いていた。パソコンのモニターと、アキラの指の動きを追っている。

「無責任ですね」

「今はそれどころではないだろう。スタンピードはもうすぐだ。今日の探索でブルートゥルの新たな痕跡も見つかった。同時に襲撃されれば『メシア』は終わりだ」

「どうするつもりですか」

「スタンピード前にブルートゥルだけでも討伐できればいいが望みは薄い。戦力を強化するしかないだろう」

「他の拠点に協力を頼むのですか」

「ハッ、そんなことすれば発電機を対価に求められるぞ。話にならん」

「ではどうするおつもりですか。まさか先週の事件で拾った怪物の頭部でも使うとか？」

「そのまさかだ。あれは既存の魔獣とは全く別次元の力を秘めている。それを利用できれば……」

「……本気ですか」

「それだけじゃない。この女も素晴らしい可能性を秘めている。血液検査で面白いことがわかった」

「面白いこと？」

「ククク……」

彼は意味深に笑うだけで、それ以上問いかけても何も答えなかった。

しばらくして、作業を終えた彼は退出する。その後にアカネと女性研究員も続いた。

「また明日ね」

そう言って退出していくのを、ナツメは無垢な微笑みで見送った。

しかしその青い瞳は全てを見ていた。扉の構造を、ロックの仕組みを、そして暗証番号を打つ指の動きを。

そして一人きりになると室内は消灯した。

暗闇の中で青い瞳が動く。その視線の先にはノートパソコン。

そして一晩中、カタカタカタカタカタカタカタカタカタカタと音がしていた。

僕はユウカ先生の診療所から追い出されることになった。

昨日の暴動のせいでベッドが足りなくなったし仕方ないね。

でも実は、僕にとっては悪くない話だったりする。

診療所に人が溢れたせいで抜け出す隙が減ったのだ。昨夜もどこの巣に殴り込みをかけようかとワクワクしていたのだが、結局少ししか抜け出すことができず小学校にあった巣を吹き飛ばしただけで終わった。

魔物がたくさん集まる場所になら黒い穴の手掛かりがあるかと思ったんだけどな。

新たな情報を探そうか、もう少し魔物の巣を潰してみるか。あと蝙蝠《こうもり》おじさんの頭を探してみるのもありかな。

いろいろと考えていたのだが……。

「よろしくね、ミノル君」

「よろしくお願いします……」

まさか西野アカネが僕の保護者になるとは思わなかった。

しばらくは彼女の部屋に同居することになるらしい。

彼女は元クラスメイトだが、当然向こうは僕のことに気づいていないわけで、いろいろ気まずいものがある程度には知っている関係だ。

彼女はなかなか主人公キャラとして優秀だった。いやヒロインキャラかな?

まぁどちらでもいいのだが、残念なのは当時の僕には『陰の実力者』としての実力が不足していたことだった。そのせいでギリギリまで追い詰められて何とか逆転するような『陰の実力者』としてはあるまじき無様な勝利を重ねてしまった。

人生の汚点である、やり直したい。

だがしかし、この状況はやり直す機会を得たと考えれば悪くない話なのかもしれない。今の僕には当時とは比べ物にならない『陰の実力者』ムーブをぶちかます力があるのだ。

これはチャンスなのでは?

しかも彼女は騎士の仕事で不在になることも多いから抜け出す機会も増えるのでは?

天は我に味方した。

「やっぱり、似てるなぁ……」

「……ん?」

理想の『陰の実力者』ムーブについて考えていると、隣を歩く彼女が僕の顔を覗き込んでいた。

「僕の顔が誰かに似てるんですか?」

顔面フルチェンジしたからその可能性は低い。

「うん、似てる。そうやって考えごとをしている顔が、何だかとっても似てる。何を考えていたの?」

「別に大したことは……」

僕がそう言うと、彼女はクスクス笑った。

「ほら、そういうところも似てる。絶対に言いたくないんでしょ。自分だけで独り占めにしたいんだ」

「そんなことないですよ」

僕が否定しても彼女は信じなかった。

「いいの、わかってる。彼もそういう人だったから……大切なことは何も言わない人だった。それで、そのまま遠くへ行っちゃった」

引っ越しかな?

「何も言わない人だったけど、彼のことは少しだけわかっているつもりなの。だって、ずっと見ていたから」

ストーカーかな?

「ミノル君、もっと普通に話していいよ」

「普通にですか?」

「敬語はやめて。相手を敬う気持ちなんてないでしょ?」

なぜバレたのだ。

だけどちょっと違う。僕は相手を敬う気持ちがないのではなく、語尾を変えた程度で相手を敬えるとは思っていないだけである。だけど世間的にはそれが正しい風潮なわけで、僕は模範的なモブとしてその風潮に従っているだけなのだ。

僕は僕なりに、敬うべき相手を敬っているつもりだ。

「僕は僕なりに敬ってるよ」

というわけで、自分の考えは言っておく。

「そう言うと思った」

彼女はまた楽しそうに笑った。

僕らはそれから、二人でどうでもいい雑談をしながら居住区を歩いた。

少しだけ、昔を思い出した。

「着いたよ、ここが私の家」

そう言って彼女は扉の前で立ち止まった。大学の校舎の一室だ。

「学生寮だけじゃ住居が足りなかったの。増築して、簡易住居も建てて、それでも足りなかったから大学の教室も改装して使ってるの。私は騎士だから、少し大きな部屋を使わせてもらってる」

扉を開けるとそこは、小さめの教室だった。講義で使う机や椅子は撤去されていたが、大きなホワイトボードは壁にそのまま残っている。

室内は木製のパーテーションで仕切られていて、今僕らがいるのが一番広いリビングダイニングにあたる部屋だ。そしてその隣が僕の部屋。

「ここがミノル君の部屋よ」

六畳ぐらいの部屋にベッドと小さな机だけが置いてある。他には何もない。

「この隣が私の部屋、覗かないでね？」

悪戯《いたずら》っぽく笑って、彼女は案内してくれた。パーテーションで仕切られているだけだから扉はない。

そこは基本的に僕の部屋と同じだ。灰色のロッカーが部屋の隅にあることだけが違う。

「ミノル君って、それしか服がないでしょ」

「そうだね」

僕の服は田中さん家《ち》のパーカーのままだ。調達してくればいくらでも手に入るけど。

「だったらこれを着るといいよ」

そう言って、彼女はロッカーから服を取り出した。

それは僕にとっても懐かしい……桜坂高校の男子の制服だった。

「でもこれって、騎士の制服だったよね」

「もちろん外では着られないけど部屋の中なら大丈夫よ。着替えがあれば洗濯もできるでしょ？」

「じゃあありがたく」

と僕は制服を受け取った。

「さっそく着てみてよ！」

「え、何でまた」

「早く早く、私も洗濯もの溜まってるから」

なるほど、今日はいい天気だし乾くのも早いだろう。

僕は彼女に背中を押されて、自分の部屋で懐かしき制服に腕を通した。

「ふむ……」

不思議と長年連れ添った相棒のように体に馴染んだ。着心地ならスライムボディスーツの方がいいはずなのに。

「ん？」

ふと、袖口に染みを発見した。まるで血痕のようなそれは、昔制服でバトったときに付いた染みによく似ていた。

まぁ気のせいだろう。染みの形なんて正確に覚えているはずないのだ。

「サイズはどう、着替え終わった？」

「うん」

「見せて見せ――ッ」

パーテーションから頭を覗かせた彼女は、呆然と言葉を失ってた。

まるで亡霊でも見たかのように。

思わず僕は振り返って背後を見た。亡霊はいなかった。

「――ご、ごめん、何かごめんね」

ごめんと言われましても。

彼女は涙を拭いて、なぜか悲しそうに笑った。

「ごめんね、いろいろと思い出しちゃって……」

「いいよ。僕も思い出し笑いとかすることあるし」

理想の『陰の実力者』ムーブができた瞬間は何度思い出してもニヤニヤしてしまうのだ。

「服洗ってくるね、すぐ戻るから」

そう言って、彼女は顔を背けて僕の服を回収し出ていった。

「そして僕は一人になった」

洗濯してくれるのは助かるんだが、一通り説明してからにしてほしかった。

とりあえずやることもないので、僕はリビングのボロいソファーに座ってみた。大学の来客用とかで使っていた物だろう。

テーブルの上にはコップとペンとメモ帳と……。

「これは……薬かな？」

二種類ある。一つは白い市販の錠剤だ。もう一つは大きな青いカプセル、見たこともない薬だった。

「覚せい剤ダメ。ゼッタイ」

ドーピングするにしてももっといいお薬がたくさんあるのだ。真面目な彼女に限ってそれはないだろうけど。

だとしたら何だろこれ。

少し考えて、まぁいいやという結論に辿《たど》り着いた僕は大きく伸びをする。

「ふぃ～～」

と、そのとき。

誰かが近づいてくる気配を感じて僕は姿勢を正した。

しばらくして、扉のノブがガチャッと鳴った。そしてそのままガチャガチャと繰り返し鳴った。

鍵がかかっているから当然だ。

僕は出るべきか少し迷って、めんどくさいからそのまま見ていることにした。

ガチャガチャガチャ、と音は次第に大きくなり、そしてバキッと壊れた。

「邪魔するぜ」

ゴリラが侵入してきた。

日本も物騒になったものだ、としみじみしているとそれがゴリラじゃなくゴリラによく似た人間であることに気づいた。

何となく見覚えがあるのは気のせいだろうか。

「お前がアカネに拾われたガキか」

「な、何ですかあなたは突然……！」

とりあえず僕はモブらしくプルプル震えることにした。

「そう怯えんじゃねぇよ。おれは冴島ユウダイ、騎士団の副団長をしている正義の味方だ」

「冴島ユウダイ……」

どこかで聞いたことがあるような……そう思ったとき、思い出した。

同じクラスにいたゴリラだ。

名脇役になりそうなビジュアルだったから覚えていたのだ。

立派なゴリラに成長してよかった……！

「ア、アカネさんに用ですか……？」

「いいや、用があるのはお前だ。お前に一つ容疑がかかっていてな」

冴島は僕の向かいにドカッと座った。

「僕に容疑……？」

「拠点内にネズミが入り込んだんだよ。あぁ、スパイって言った方がわかりやすいか。『メシア』で敵対拠点のスパイが活動してんだわ」

「ぼ、僕はスパイなんかじゃありません……」

「でもなぁ、そう言われて信じるわけにはいかねぇのが騎士団の仕事だ」

「ち、違います、僕は……」

「うるせぇ、黙ってろッ！」

突然、冴島は声を荒らげて威嚇した。そして僕の胸ぐらを摑み、

「魔獣の巣にぶち込んでもいいんだぞ」

ゴリラ顔でそう言った。

そんなひどいこと言われたら平凡なモブである僕は震えあがるしかないわけで。

「ひぃッ」

と、そのとき。

「何してるの！」

怒りに震えるアカネちゃんがやってきた。

「何って、尋問に決まってるじゃねぇか」

冴島は僕の胸ぐらを摑んだまま言った。

「尋問？　何の権利があって……」

「当然、副団長としての権利だ。ネズミが入り込んでいるのは知っているだろう。最近拠点に入った怪しい人物はこいつぐらいなんだよ」

「彼が来てまだ二日よ。ネズミはそれ以前から確認されていた」

「どうだかなぁ。どちらにしろ、じっくり尋問しなきゃならねぇ」

冴島とアカネちゃんは鋭い視線で睨《にら》み合った。そして——。

「……何が目的なの」

「目的は、もうわかってるだろ」

冴島は僕から手を放して振り返る。

「そうそう、今夜団長が臨時の集会を開くらしい。また今夜な、アカネちゃん」

そして、彼女の肩を軽く叩いて出ていった。

「恐かったでしょう、気にしなくていいのよ」

彼女は何事もなかったかのように微笑んで『メシア』の生活とかいろいろ教えてくれた。

今日は夜勤みたいだから僕もたっぷり抜け出せそうだ。

六章

何やらきな臭い気配……
だが『陰の実力者』は全てを見抜くのだ！

今日は夜勤だ。

陽が沈みミノルと食事を済ませたアカネは騎士団の詰所に向かった。ミノルには危険だから部屋から出ないようにと伝えてある。

夜は最も危険な時間であり、夜勤は過酷な仕事になる。昨夜も魔獣の襲撃によって防壁を守る騎士が一人殉職した。スタンピード前ということもあって魔獣も活発になってきているのだ。

「失礼します」

詰所の扉を開けると、騎士の代表たちが集まっていた。アカネも一応は分隊のリーダーにあたる。

「遅かったじゃねぇか。昼間はお楽しみだったか?」

既に席についていていた冴島《さえじま》が言う。

「遅くなってすいません」

時間には遅れていなかったが、一番最後がアカネだったのは事実だ。

「いや、時間通りだ。謝る必要はないよアカネ君」

そう言ったのは、この騎士団の団長——灰谷《はいたに》である。

彼はもともと大企業のエリートだったが退職し起業していたらしい。そのせいもあってか、人をまとめ動かすことに長《た》けている。

騎士としての力にも早くから目覚めて、この『メシア』を幾度も救ってきた実力者だ。

「さて、全員揃ったようだし始めようか」

アカネが座ると集会が始まった。

まずは簡単な報告から始まり、上位種ブルートゥル、スタンピード、敵対拠点のネズミ、それらの情報を交換する。

夜間に無断で外出したアカネたちの処分はスタンピード後に決定することになった。

「それでは本題に移ろうか」

一通り話を終えて、灰谷団長は言った。

てっきりアカネの件が本題だとばかり思っていた者は多く、慌てて座りなおす音が重なった。

「本日、ブルートゥルの調査に向かった部隊が撮影した写真だ」

プリントされた写真が配られる。それを見て、誰もが言葉を失った。

「これは……」

そこには数百匹の魔獣の惨殺死体が写っていた。

写真の端には瓦礫《がれき》と化した建物が見える。おそらく、ここは……。

「西野小学校、ですか……？」

誰かが自信なさげに言う。西野小学校は桜坂高校の次に『メシア』に近く、大規模な魔獣の巣があったはずだ。建物もこんな瓦礫ではなかった。

「写真はもう一枚ある」

新たに配られた写真には完全に崩壊した小学校が写っていた。

「ブ、ブルートゥルの仕業《しわざ》か……？」

冴島が少し震える声で言った。

「魔獣の死体を確認したが、切り口があまりにも鮮やかだった。ほとんどの死体は急所を一太刀だ。たとえ上位種であろうと、これほどの芸当はできない」

「だとしたら、別の拠点の連中か？」

灰谷団長は首を横に振った。

「少なくともこの付近にこれほどの戦力を持つ拠点はない。それに気になることもある」

「気になること？」

「死体の切り口が全て同じだった」

「全て……？」

「ああ。おそらくたった一人の手でこれだけの魔獣を討伐したのだ」

「バ、バカ言ってんじゃねぇよ灰谷団長！　何百匹の死体があると思ってやがる！　十や二十じゃねぇんだぞ！　こんなこと一人でできるわけ……ッ」

冴島が顔を赤くして怒鳴る。

「できるとしたら？　この世界にこれだけのことができる騎士がいるとしたら？」

「な、何を根拠にッ」

「校舎の断面をよく見てみろ」

「……ッ⁉　これは、斬られている……まさか校舎を斬ったのか⁉」

写真には校舎が両断された跡が残っていた。

「鮮やかだろう。まるでバターでも斬るかのようだ。かつて、これだけの力を持つ騎士が日本にも存在した。皆も知っているだろう」

「……『はじまりの騎士』」

誰かがそう呟《つぶや》いた。

「まさか彼女が……」

「行方不明だったはず……」

「メシアを潰すつもりか……」

騎士たちの顔が青ざめていく。アカネの顔色は誰よりも悪い。

「まだ彼女だと決まったわけではない。彼女に匹敵する騎士が存在しても不思議ではないだろう」

灰谷団長は皆を落ち着かせるように言う。

「過度に怯《おび》える必要はないが警戒は怠るな。これだけのことができる戦力が近くにいるはずだ。もし『メシア』が襲撃されたらどうなるか……」

皆が頷《うなず》いた、そのとき。

「襲撃だ――ッ!! 魔獣の襲撃だッ!!」

けたたましい鐘の音が鳴り響いた。


拠点を囲む防壁の上は戦場だった。

数多《あまた》の魔獣が防壁に張り付き、よじ登ろうとしている。それを騎士たちが剣や槍《やり》で叩き落とそうとしているのだが、魔獣の数に対して騎士の数が足りていないのは明白だった。

「非番の連中を叩き起こせ!! 魔獣の侵入を許すな!」

団長の檄《げき》が飛ぶ。

アカネは防壁の上に登ると魔獣を刀で両断した。

「アカネさん！」

「ア、アカネさんが来たぞ！」

アカネの動きは騎士たちの中でも際立っていた。

誰よりも速く、そして力強く、次々と魔獣を屠《ほふ》っていく。

だが、それでも……。

「ギャアァァァアアアアッ！」

「ヒィッ、く、来るなぁアアアア‼」

魔獣の数が多い。

魔獣の群れが防壁をよじ登り、騎士たちに襲いかかる。

「数が多い……ッ」

アカネは顔を顰《しか》めた。

このままでは騎士の犠牲が増え続けてしまう。

「団長、まさかスタンピードが始まったのでは……」

アカネは隣で戦う灰谷団長に声をかける。

「いや、スタンピードほどの勢いはない。スタンピードの先ぶれだろうな」

「先ぶれでこれですか……」

「今回のスタンピードは厳しい戦いになるだろう」

だとしたら、一人でも多くの騎士を温存しなくてはならない。

アカネは先頭に立って魔獣の注目を引き付けると防壁から飛び降りた。

「アカネさん⁉」

「アカネ君、何のつもりだ⁉」

アカネは着地すると同時に刀を薙《な》ぎ払い、周囲の魔獣を一掃した。

「私が魔獣を引き付けます！」

「無茶だ、戻りたまえ！」

戻れと言われても、退路は既になかった。

アカネの周囲はもう魔獣に囲まれていたのだ。鋭い爪と牙がアカネに襲いかかる。

アカネは紙一重でそれを躱《かわ》し、刀を薙ぎ魔獣を屠っていく。

恐怖はない。

死は救いだった。

自分の知らない所で、自分の知らない自分が、罪を犯す前に……。

過去の惨劇が脳裏に蘇る。

魔獣の群れの中で、アカネは笑っていた。

全身を返り血で濡らし、軀《むくろ》の上を駆けた。
そして――。
「アカネさん、後ろッ⁉」
「アカネ君、ダメだ‼」
背後から、鋭い爪がアカネに振り下ろされた。
二つの選択があった。
生か死か。
選択はいつも残酷だ。
アカネは寂しそうに微笑んで、瞳を閉じた。
そのときふと、懐かしい気配を感じたような気がした。
肉を貫く音が聞こえた。
温かい液体が降り注いだ。
「え……？」
それは魔獣の血だった。
目を開けると、魔獣が串刺しにされていた。
漆黒の刀だ。
その刃が、魔獣を貫いていたのだ。

「あ、あなたは……」

赤い瞳がアカネを見下ろしていた。

闇のようなロングコートを身に纏《まと》い、フードと仮面で顔を隠した、漆黒の刃の主。

「……漆黒の騎士」

誰かがそう呟いた。

まるで時を止めたかのように、全ての視線を集めた漆黒の騎士。

彼は串刺しにした魔獣を無造作に投げ捨てると背を向けた。

そして、深淵から響くかのような声で呟いた。

「風が――泣いている」

それが何を意味する言葉なのかはわからない。

だが、皆の心に深く響いた。

言葉の中に、いくつも積み重なった生と死の重みが込められているかのようだ。

次の瞬間、アカネが感じたのは一陣の風だった。

漆黒の騎士が掻《か》き消えて、漆黒の風が吹いたのだ。

その風は魔獣の群れを吹き抜けて、そして血の花を咲かせていった。

後には、魔獣の軀だけが残った。

「なん……だと」

「そ、そんな……」

誰もが言葉を失くし立ち竦《すく》んだ。

漆黒の風が通り過ぎると、全ての魔獣が両断されていたのだ。

まるで本当の風のように、洗練された自然な魔力の流れだった。どれだけの修練を積んだのか想像すらできない、久遠《くおん》の時を感じさせる絶技。

漆黒の騎士は消えていた。

気が付くと、アカネは震えていた。

「アカネ君、無事か？」

灰谷団長が防壁を下りてアカネの隣に並んだ。

「凄《すさ》まじいな……彼が西野小学校の巣を壊滅させたのかもしれない」

「団長……彼は覚醒者です」

彼はアカネと同じ赤い瞳をしていた。

団長は頷いて、魔獣の死体を眺めた。

「全て一太刀で両断している。鮮やかだな、私にはできない」

「私たちを助けてくれた……でも、どうして何も言わずに立ち去ったのでしょう」

「何か目的があるはずだ……だが今は、敵ではないことを祈ろう」

そして灰谷団長は夜空を睨《にら》んだ。

「風が泣いている――あの言葉の意味はいったい」

「何か知っているのかもしれません……私たちが知らない、重大な何かを……」

「漆黒の騎士……いったい何者だ」

その声は夜の闇に溶けていった。


拠点は深夜にもかかわらず慌ただしかった。

魔獣の襲撃はひとまず収束したがまだ多くの人々が動き回っている。しかしそんな慌ただしさから抜け出す一人の騎士がいた。

野性味あふれる風貌のその男は、騎士団の副団長冴島である。

「チッ、やってられるかよ」

彼は吐き捨てるかのようにそう言って暗い校舎裏を歩く。大通りから一本外れれば、そこは灯りもない静かな路地だった。

「漆黒の騎士だと……気に入らねぇな。どこの拠点の人間か知らねぇが勝手なことしやがる」

悪態をつきながら彼は暗闇の中を進んでいく。

目的地は決まっているようだ。

「『同盟』の人間か？　いや、あいつらなら俺に話を通すはず……だとしたら……」

コツ、コツ、と。

背後から足音が聞こえた。

「おう、早かったじゃねぇか。お前の情報が――」

冴島がそう言って振り返ったそのとき。

――パシュッ。

「――え？」

何かが冴島の胸を貫いた。

溢《あふ》れ出す鮮血を彼は手で押さえて。

「な、何で……ッ」

――パシュッ、パシュッ。

連続して音が響き血飛沫《しぶき》が舞った。

そして、驚愕に目を見開いた冴島が路地裏に崩れ落ちる。

最期にゴフッ、ゴフッ、と血を吐いて彼は動かなくなった。

コツ、コツ、と。

足音が鳴った。


いやー楽しかった。

僕は心地よい高揚感を味わいながら西野大学の夜を駆ける。

今夜は大学構内を調査しようと抜け出したのだが、途中で予想外の魔物襲撃イベントに遭遇したのだ。

「風が泣いている……ついに言ったぞ」

一度は言ってみたかったセリフの一つである。

『陰の実力者』の深みと孤高な感じを十分に表現した一言だった。

前世では実力不足でできなかった真の『陰の実力者』らしい振る舞いができたと言えよう。

「ふふふ……」

思い出すたびに顔がにやけてしまうが、そろそろ彼女が帰って来るはずだ。

というわけで、僕は開けっ放しにした窓から帰宅し、服を着替えてベッドにもぐりこんだ。

それとほぼ同時に、ガチャッと音がしてアカネちゃんが帰宅した。

「……ただいま」

小さな声で彼女が言う。

寄り道していたら間に合わなかっただろう。僕は寝たふりしながらホッと胸をなでおろした。

静かな室内に衣類がこすれる音が響く。着替えているのだろうか。

少し、血の臭いがした。

「ミノル君、起きてる？」

しばらくして、彼女が言った。

寝たふりしようかとも思ったが、今夜の感想を聞きたかったので起きていることにした。

「起きてるよ」

「入っていい？」

僕が返事する前に、彼女はズカズカ入ってきて僕のベッドに腰かけた。

濃厚な血の臭いがした。

あれだけ魔物の血を浴びれば当然か。

「……何かあった？」

彼女はベッドに腰かけたまま何も言わなかった。

僕が話しかけても黙ったまま俯《うつむ》いていた。

「……死にたいと思ったことある？」

彼女はぽつりとそう言った。

「ない」

というか永遠に生き続けたい。

これまでの人生で死にたいと思ったことはただの一度もない。

たまに長生きしたくないと言う人がいるが、僕には一生理解できないだろう。僕は僕のまま一秒でも長く生きていたいのだ。

「私は……あるんだ」

「そうなんだ」

もったいない。

「でもね、思い出そうとしても……どうしても思い出せない。そこだけぽっかりと記憶に穴が開いたみたいに」

よく意味がわからない。

そして彼女はまた沈黙した。

よく見ると彼女の肩は震えていた。

「ミノル君は……人を殺したことってある？」

たくさんある。

「人を殺すなんて……そんな恐ろしいこと考えたこともないよ」

「そうだよね……」

「西野さんはあるの？」

「あるのかもしれない……って言ったらどうする」

「えっと……」

「……冗談だよ」

彼女は微笑んだ。

それから、窓の外に視線を向けてポツリと呟いた。

「私は……ずっと、待ってたのに……」

「待ってた？」

彼女は答えなかった。それは僕に向けた言葉ではなかったのだ。

まるで、遠くの誰かに語りかけるかのように、遠くの夜空を見つめていた。

「助けて……くん」

彼女は誰かの名前を呟いた。

そのまま、朝までずっと彫刻のように固まっていた。

朝日が昇り、遠くからざわめきが聞こえてくるまで。僕はずっと寝たふりをしなければならなかった。

そういえばふと思い出したことがある。

僕は前世でとある事件に介入したことがあったのだが、そのとき西野アキラに顔面ぶん殴られた。どこか見覚えがあるムカつく顔だと思っていたのだ。

西野大学の窓ガラスを全部叩き割ってやると誓った原因が奴だ。

許すまじ。

だけどベータを引き取ってくれたし許そう。

そう思ったとき——。

「た、大変ですアカネさん——ッ！」

早朝から訪ねてきた騎士団の人に叩き起こされた。

「ふ、副団長が——冴島副団長が、殺されました‼」

おっと、貴重なゴリラが。

「大変なことになりましたね」

ユウカ先生は、アカネちゃんの前に腰かけてそう言った。

「私は……やってません」

あれからいろいろあったみたいだ。

彼女はすぐに現場に向かい僕はお留守番だったのだが、昼過ぎにユウカ先生と一緒に帰ってきた。

「私も疑いたくないですが、昨夜アカネさんと冴島副団長が言い争っている所が目撃されています」

「それは……ミノル君のことで少し」

彼女の声は震えていた。

「死亡推定時刻は午前三時頃。アカネさんのアリバイは……」

「……ないわ」

僕が部屋に戻ってきたのが三時過ぎ。

「現場の近くでアカネさんを目撃したという証言もあります」

「……そう、ですか」

彼女は俯いてしまった。カタカタと、肩が震えている。

昨夜彼女から血の臭いがしたし、その場のノリで殺《や》ってしまったとか。

よくあることだけど、彼女はそういうタイプではない。

「灰谷団長が主導して捜査を進めています。結果が出るまで絶対に部屋を出ないようにとのことです」

「やってない……わ、私は絶対、やってない……ッ」

彼女は両手を強く握りしめ首を振った。

「待ってください。僕もアカネさんはやってないと思います」

昔からの付き合いということで、一肌脱ぐことにした。

「ミノル君……」

「この写真を見てください」

僕はそう言って、テーブルに広げられた現場写真の一つを差した。そこには斬殺された冴島の死体が写っている。

「この写真がどうかしたの?」

「この写真、おかしいと思いませんか? 斬り方が雑すぎる」

冴島の死体はバラバラだった。だが、その断面が美しくないのだ。

「雑って、どういうことかしら？」

ユウカ先生が目を鋭くした。

「アカネさんなら、もっと綺麗な断面になったはずだ」

ある程度の実力がある魔剣士が人を斬れば、その断面は必ず鋭利になるはず。にもかかわらず、冴島の断面はあまりに汚かった。

まるで、鈍い刃物で力任せに切断されたかのようだ。

「確かに、言われてみれば……」

ちなみに、彼女が冴島に恨みを持っていて苦しめるためにわざと雑に斬った可能性もある。言わないけど。

「ミノル君……あ、ありがとう、ありがとう」

どういたしまして。

「お願い、信じて……私は、私はやってないッ」

ガタガタと震えながら彼女は言う。

「アカネさん少し落ち着いて……」

「私はやってないッ！　私は、私はもう二度と私は、私は――ッ」

「アカネさん――ッ」

尋常でない様子の彼女を、ユウカ先生が抱きしめる。

「落ち着いてください、落ち着いて、この薬を飲んで……」

ユウカ先生は宥《なだ》めるようにそう言って白い錠剤を彼女に飲ませた。

そしてしばらく震えていた彼女は、やがて穏やかな寝息を立て始めた。

「……驚いたかしら」

ユウカ先生は目を伏せて言う。

「……少し。今の薬は？」

「心を落ち着ける薬よ。私の専門は心療内科なの。アカネさんには少しトラウマがあって、それを治すお手伝いをしているのよ」

「トラウマですか……」

「昔事件に巻き込まれたみたいで、当時の記憶に蓋《ふた》をしてしまっているのよ。何かのきっかけで蓋が開きそうになると、今みたいに取り乱してしまうの」

「そうなんですか……」

僕は神妙な顔を作って言った。

「私はこの拠点に来てまだ半年ぐらいだけど、これでもその頃と比べたら随分とよくなったのよ。アカネさんには助けてもらっているから少しでも恩を返せたらと思って」

「そうだったんですね」

ユウカ先生は彼女の肩に毛布をかけた。

「それで、さっきの話だけど……死体の傷口のことは私から団長に伝えておくわ。もしかしたら犯人は敵対拠点からの刺客かもしれないわね。昨夜は漆黒の騎士も目撃されているし、無関係ではないのかも……」

ちなみに漆黒の騎士は無実だ。僕が保証する。

「後のことは私に任せて、ミノル君は彼女のそばにいてあげて」

「いえ、僕もこの事件を調べたいんです」

「そんなこと言っても、捜査は騎士団が……」

「騎士団の邪魔はしません。僕もアカネさんには助けてもらった恩があります。僕にできることはやっておきたいんです」

「ミノル君……」

ユウカ先生は僕の顔をじっと見て、諦めたかのようにため息を吐《つ》いた。

「わかったわ。もし何かわかったら必ず私に話すのよ。一人で何とかしようと思わないで。あなたにはナツメさんもいるんだから」

こうして、僕は自由に出歩く権利を得たのだった。

「さて、どうしたものか」

僕はとりあえず配給で昼食を済ませ、大学の構内をぶらぶら散策する。

彼女は殺ってないって言うけど、残念ながら状況的には黒なんだよなぁ。

「謎の事件……主人公に降りかかる冤罪《えんざい》……メインシナリオ進行中かも」

だとしたら介入するのが正義。

「現場は向こうか……」

校舎の脇の路地に騎士団が集まっているのを遠くから観察する。

現在捜査中って感じ。

僕みたいな部外者が行っても追い返されるだけだろうし、ここは素直に諦める。

「他に手掛かりになりそうなことは……ん？」

辺りを見渡すとベンチに腰かけてノートパソコンを操作しているメガネのデブを発見。

「パソコン使えるんだ」

そう言えば電力はあるんだっけ。

さすがにネットには接続されていないはずだけど……んん？

背後から近づいて覗《のぞ》き込むと、何やら掲示板に書き込んでいた。

「それ、ネットに繋《つな》がってるの？」

「おわッ⁉」

僕が話しかけると、メガネデブは慌てて振り返った。

「な、何だお前いきなり！」

「いや、気になって。それネットに繋がってるの？」

「ネット？　あぁ、これか。大学構内限定の回線だぞ。そんなことも知らねぇのかよ」

「大学限定で使えるわけか。情報収集できるかな」

「邪魔だからあっち行けよ、俺は忙しいんだよ」

そう言って、メガネデブは掲示板に書き込みを再開した。

【スレッド】アカネちゃんはなぜ冴島を殺してしまったのか
【本文】アカネちゃんのお宝画像うひょひょ～

なるほど、とても忙しそうだ。

「ちょっとパソコン貸して」

「うるせぇな、貸すわけねぇだろ」

「ありがとう、借りるね」

「は……!?」

僕はおそろしく速い手刀でメガネデブを気絶させてパソコンを拝借した。

メガネデブを昼寝っぽく横たえる。

「さてと……」

掲示板で検索すると昨夜の事件についていくつものスレッドが立っていた。

アカネちゃんの事件だけでなく、漆黒の騎士についてもなかなかの盛り上がりだ。

221：名無しの犠牲者
アカネちゃんは殺ってない。漆黒の騎士が怪しい。『同盟』の陰謀に違いない
222：名無しの犠牲者
騎士の友達に聞いたけど漆黒の騎士クソ強かったらしいな
223：名無しの犠牲者
あいつヤバイぞ。一瞬で魔獣10匹殺してた
224：名無しの犠牲者
それは話盛りすぎ

225：名無しの犠牲者

いやマジだから

226：名無しの犠牲者

本当なら一人で大規模な巣を壊滅できますよｗ

227：名無しの犠牲者

マジだって。俺《おれ》その場にいた騎士だぞ

228：名無しの犠牲者

出たｗｗｗ　自称騎士ｗｗｗｗｗｗ

229：名無しの犠牲者

ネット騎士降臨ｗ　匿名《とくめい》なら誰でも騎士になれるからな

230：名無しの犠牲者

久しぶりにネット騎士湧いてて草

231：名無しの犠牲者

そもそも一瞬で魔獣10匹とか信憑性ゼロ。釣りにしてもお粗末すぎる

232：名無しの犠牲者

どうせ漆黒の騎士も大したことないだろ。面白がって話に尾ひれがついてるだけ

233：名無しの犠牲者

友達が騎士だけど漆黒の騎士クソ雑魚《ざこ》だって言ってた

234：名無しの犠牲者

やっぱりな

235：ｘｘｘ銀髪美少女エルフちゃんｘｘｘ

ウソつくなです。漆黒の騎士さいつよです。世界でいちばんカコイイ魔獣１０００匹よゆうです。

「ん？」

掲示板を眺めていたら突然変なのが湧いた。

「銀髪美少女エルフちゃん……名前がイタすぎる」

一瞬ベータの顔が脳裏をよぎったが、まぁ冷静に考えてありえない。

もし彼女なら三日で日本語をマスターしたことになる。

「漆黒の騎士擁護は嬉しいけどこのネーミングセンスだと逆にマイナスなんだよなぁ」

忠告してあげよう。

ダサいハンドルネームは一生の黒歴史なのだ。僕にも経験がある。

「僕のハンドルネームは手本になるように、かっこいいやつで。漆黒の翼……いや、反逆の堕天使の方がいいな……このままだと寂しいから装飾して……」

237：卍反逆の堕天使卍
xxx銀髪美少女エルフちゃんxxxとかダサイから名前変えた方がいいよ
238：名無しの犠牲者
また変なの湧いたw
239：名無しの犠牲者
反逆のwwwww　堕天使wwww　卍w　卍ww　卍w
240：xxx銀髪美少女エルフちゃんxxx
私ダサイないです。反逆の堕天使ダサイです。
241：名無しの犠牲者
銀髪美少女エルフVS反逆の堕天使の戦いファイッ！
242：名無しの犠牲者
結論どっちもダサイ
243：卍反逆の堕天使卍
僕は陰に潜み反逆し堕天した闇の騎士。最強の力を持つ僕は決してダサくない
244：名無しの犠牲者
陰に潜みwww　反逆しwww　堕天したwww　闇の騎士登場wwwwwwwwwww

２４５：×××銀髪美少女エルフちゃん×××

反逆の堕天使ダサイ雑魚です。漆黒の騎士さいつよです。おまえたち瞬殺です。

２４６：名無しの犠牲者

誤）さいつよ　正）さいきょう

２４７：名無しの犠牲者

エルフちゃん日本語不自由カワイイ

２４８：名無しの犠牲者

エルフちゃん謎の漆黒の騎士ゴリ推し

２４９：名無しの犠牲者

漆黒の騎士なら俺のケツ舐《な》めてるよ

２５０：×××銀髪美少女エルフちゃん×××

うそつくなです。私バカにされるいいです。漆黒の騎士バカにするユルサナイです。

２５１：名無しの犠牲者

訳）私をバカにするのはいいけど、漆黒の騎士をバカにしたら許さないんだから！

２５２：名無しの犠牲者

でも漆黒の騎士がクソ雑魚で俺のクソ食べてるのは事実だしなぁ

２５３：名無しの犠牲者

漆黒の騎士クソ雑魚クソオブクソ雑魚ｗｗｗｗ

２５４：ｘｘｘ銀髪美少女エルフちゃんｘｘｘ

コロスです。

２５５：名無しの犠牲者

殺害予告入りました。お前ら煽《あお》りすぎｗ

２５６：卍反逆の堕天使卍

あちゃ～

２５７：ｘｘｘ銀髪美少女エルフちゃんｘｘｘ

漆黒の騎士さいつよです。カコイイだいすきです。バカにする全員コロスです。

２５８：名無しの犠牲者

ひえぇ～殺される～漆黒の騎士クソ雑魚～

２５９：名無しの犠牲者

漆黒の騎士ならさっきボコしといたよ。全裸で土下座したから許してやった

２６０：ｘｘｘ銀髪美少女エルフちゃんｘｘｘ

だまれです。ぜったいコロスです。反逆の堕天使おぼえてろです。地獄の苦しみあじわえです。

２６１：卍反逆の堕天使卍

え？　僕はバカにしてないけど

262：名無しの犠牲者
殺害予告連投はさすがにライン越えすぎ。通報しました
263：名無しの犠牲者
スタンピード前でいろいろ事件あったのにのんきだなお前ら
264：卍反逆の堕天使卍
僕とばっちりじゃない？
265：名無しの犠牲者
名前がクソダサイからしょうがない

そしてｘｘｘ銀髪美少女エルフちゃんｘｘｘはＢＡＮされた。

少し煽られただけで殺害予告か。今どき珍しい逸材だったな。

「さて、真面目に情報収集しますか。目撃情報とかあればいいけど……」

その後スレ民と仲よくなった僕は事件について貴重な情報を手に入れた。

——翌日。

「ここが例の場所か……」

僕は大学の奥にある小さな研究棟にやってきた。

既に日は落ちている。遠くの方に灯りが見えるが、この付近は暗く林に囲まれている。

掲示板の書き込みによると、ここにゴリラの遺体が運ばれたらしい。

遺体に魔力痕跡が残っているといいが魔力痕跡の保存はなかなか難しい。特殊な薬品を利用しなければすぐに消えてしまうのだ。

この世界に保存方法があると期待しない方がいいだろう。

なんせ普通の剣で戦っている世界だ。ミスリルの剣がないのだ。

一応魔力伝導率の高い金属を使っているようだが、ミスリルと比べると明らかに性能が劣っている。雑魚魔物に苦戦するのも当然である。

「まぁ何かしら手掛かりはあるでしょ」

謎多きゴリラの死を解明するのだ。

というわけでサクッと潜入。

研究棟のエントランスには騎士が見張っていたが気配を消した僕のダッシュで難なく突破した。

地下への階段を見つけて降りていくと、鍵のかかった鉄製の扉を発見。

「鍵か……」

めんどくさいのでスライムソードで鍵だけ切断した。

誰かが侵入したことはバレるだろうけど、誰が侵入したかバレなければ問題ないのである。

「あ、スライムソード変形して鍵の形にするとかできたんじゃないか?」

ベータがスライム変形させて手袋にしていたし。まぁ後の祭りである。

僕は肩を竦《すく》めて室内に入った。

「死体安置所か……」

暗く寒い。

シートに包まれた遺体がいくつも横たえられている。人間が腐った臭いがした。

僕は臭いのを我慢して鼻に魔力を集め嗅覚を強化した。ゴリラの臭いは覚えている。

彼の遺体は一番手前にあった。

シートを剝《は》がすとバラバラになった肉塊が現れた。

「ふむ……」

案の定、魔力痕跡はほとんど残っていない。僅《わず》かに残っている魔力も混ざり合い手掛かりにはなりそうにない。

切断面は写真で見た通りひどく雑だった。

剣で斬ったのではない。凶器は斧《おの》だろうか。

いや、もっと荒い……ノコギリかな。

死んだ後に解体したようだ。

「でも、何のために？」

普通は死体を処理するために解体するはずだ。解体して、埋めたり、焼いたり、溶かしたり。

でもゴリラの遺体はその場で見つかっている。

ならば怨恨か……いや。

「なるほど、これを隠したかったのか」

切断された腕を繋《つな》ぎ合わせてみると肉が欠けていた。解体した際に失ったのではない。意図的に削ぎ落されていた。

「ここも……」

何カ所も、僅かだが肉が欠けている。

そして僕は決定的な証拠を掴《つか》んだ。

「ふむふむ、これは……弾痕だ」

前世で銃に対抗するためにたくさん調べたから間違いない。

銃が騎士に通じないと思われているかもしれないが、それは違う。

魔力を纏《まと》っていなければ騎士も普通の人間と変わらないのだ。

「つまり犯人はゴリラが油断する相手だ。顔見知りかもしれない。騎士なら銃なんて使わない。

騎士でない人間が、騎士の犯行に見せかけて殺した……ふふふ、主人公のお株を奪う名推理だ」

そうなるとアカネちゃん犯人説は薄くなった。

「……とりあえず帰るか」

帰宅して真っ先に報告しようと思った相手は、そこにいなかった。

「あれ、アカネさんは？」

彼女が寝ていたはずのベッドはもぬけの殻で、ソファーにユウカ先生が座っていた。

「アカネさんは少し検査があるの。今夜は戻らないわ」

「そうなんですか」

精神的に不安定だったし仕方ないだろう。

「遅かったわねミノル君。スタンピードはもうすぐよ、もっと早く帰らないと危険だわ」

「ごめんなさい。でも重要な手掛かりを見つけたんです」

「手掛かり……？」

僕は西野アカネ犯人説を覆すため、驚くべき本日の成果を報告した。

「弾痕ですって……⁉　それが本当だとすればアカネさんの疑惑は消えるけれど、でもそんな情報どうやって手に入れたの？」

「えっと、知り合いの情報屋がこっそり教えてくれたというか……」

「知り合いの情報屋……？」

ユウカ先生は疑わしそうな目で僕を見て、それからため息を吐いた。

「まぁいいわ。弾痕の話は私から騎士団の人に話してみる。うまくいけば冴島の遺体がもう一度調べられるかもしれないわ」

「お願いします」

「この話は誰にも秘密よ。もしかしたらミノル君が狙われることになるかもしれないから」

「は、はい」

モブっぽく怯えた感じで頷くと、ユウカ先生は「また明日ね」と言って小走りに部屋を後にした。

よしよし、これできっとゴリラ殺人事件も解決しアカネちゃんも解放されるだろう。

いや、待てよ。

漆黒の騎士として真実を暴露するパターンもアリだった？

「真実はいつも一つ……とか言ったりして」

とりあえず、僕はベッドに入り皆が寝静まる深夜を待つことにした。


そして深夜。

「ん？」

そろそろ夜の散歩に出かけようかなと考えていたら、誰かが部屋の外でうろちょろする気配を感じた。

泥棒かな？

日本も治安が悪くなったものだ。

そんなことを考えながら様子見していた次の瞬間――突然銃弾が撃ち込まれた。
激しい音が鳴り響き、銃撃によって割れた窓ガラスが降り注ぐ。
「え、マジ？」
まさか平凡なモブである僕が銃で撃たれる日が来るとは。
ペチペチと銃弾が当たるのを肌で感じる。
これが射殺されるモブの感触か……ッ。
そして今この瞬間こそ、あの奥義を使う最後の機会ッ！
僕は撃ち込まれる弾丸に合わせて肉体を操作し、この一瞬に全ての神経を集中させる。
刮目《かつもく》せよ、モブの死にざまを。
『モブ式奥義――ハチの巣にされ躍るモブ《ブラッディ・マリオネット》』
撃ち込まれる銃弾に躍る肉体。
それはまるで操り人形か何かのよう。
血液袋をさりげなく破り、美しき血飛沫《しぶき》を咲かせる。
これぞ芸術的モブの死、イメージは全弾当たるマトリックス！
「ぐわぁぁぁぁああああああッ！　ゴフッ、ゲフォッ……！」
最期は派手な断末魔と噴水のような吐血で飾り、僕はベッドから転がり落ちた。
パーフェクトッ！

射殺される系奥義はお蔵入りを覚悟していたが、まさか使えるとは思わなかった！

心の中で渾身《こんしん》のガッツポーズをキメて、僕は心音を停止した。

この機会を与えてくれた泥棒に感謝を。

「……殺《や》ったか？」

しばらく死んだふりを続けると、室内に二人の男が入って来た。

「ああ、間違いない。ハチの巣だぜ」

割れたガラスが踏まれ音が鳴る。

「ひでぇもんだ。余計なことを知らなければ死ぬこともなかったのによ」

ん？

どういう意味だろう。

「すぐに騎士団の連中が来る。手早く部屋を荒らすぞ」

「そうだな、こいつの死体も偽装して……ん？」

あ、まずい。

「おい、この死体、傷がないぞ」

僕に触れた男が気づいてはいけないことに気づいてしまった。

「何言ってんだ。派手に血が出てるだろ」

「だから血が出てるのに傷がねぇんだよ！」

「何だと？」

二人目の男が僕の身体に触れて――僕は仕方なく目を開けた。

「やれやれ、せっかくの演出が台なしだ」

「な……ッ」

「何で生きてやがる⁉」

僕は両手で二人の首をガッチリ掴んだ。

「は、離せッ‼」

「撃て、撃ち殺せッ‼」

僕の額に銃が突き付けられ、ゼロ距離から弾丸が発射された。

パシュ、パシュ、と音が鳴った。

何度も、何度も、弾倉が尽きるまで鳴った。

そしてカチ、カチ、カチ、と乾いた音に変わり、弾が出なくなった。

「な、な……何で、何で傷一つ付かねぇんだよ！」

「ま、まさか騎士⁉　聞いた話と違うじゃねえか！」

「騎士だとしてもこんな近くで撃たれたら傷の一つぐらい――」

僕は二人の首を掴んだまま立ち上がる。

「ヒッ……！」

「ただの泥棒とは違うみたいだね」

「な、何なんだよお前！　離せ、離せこのッ！」

ペチペチと顔を殴られる。

「誰かに頼まれたのかな。黒幕がいるイベントだ」

「な、何の話……い、痛ッ」

「こ、この、イテテテ」

僕は二人の首を摑んで持ち上げた。

「まぁいいや。苦しんでじっくり死ぬか、全て話してサクッと死ぬか。好きな方を選ぶといい」

腕に力を入れると、ギキッと骨が軋《きし》む音が鳴った。

「ヒィッ……や、やめろ、俺たちは何も知らない」

「き、騎士だなんて知らなかった、謝るから、許して……死にたくない」

「君たちも言ったじゃないか。余計なことを知らなければ死ぬこともなかったのにって。そういうことだよ」

外から騎士たちの声が聞こえてくる。

まだ遠いが、だんだんと近づいてくる。

「……そろそろ時間切れかな」

「や、やめて……ッ」

「お、お願いします……」

「どうしようかな――」

そのとき、辺りに響いた声は僕の予想の斜め上だった。

「スタンピードだ‼　スタンピードが始まったぞ‼」

同時にけたたましい警鐘が鳴り響いた。

人々が目覚め、ざわめきが広がっていくのを感じる。

「あっちの方が楽しそうだ。バイバイ」

僕は二人の首をへし折って、夜の闇に身を隠した。

Not a hero, not an arch enemy,
but the existence intervenes in a story and shows off his power.
I had admired the one like that, what is more,
and hoped to be.
Like a hero everyone wished to be in childhood,
"The Eminence in Shadow" was the one for me.
That's all about it.

The Eminence in Shadow

I can't remember the moment anymore.
Yet, I had desired to become "The Eminence in Shadow"
ever since I could remember.
An anime, manga, or movie? No, whatever's fine.
If I could become a man behind the scene,
I didn't care what type I would be.
Not a hero, not an arch enemy,

終章

成長した『陰の実力者』を見るのだ！

The Eminence in Shadow
Volume Four

Epilogue

The Eminence in Shadow

EPILOGUE

真っ白な廊下を、西野アキラは走っていた。

スタンピードの警鐘が響き渡る中、彼は戦場から遠ざかるかのように研究棟の奥深くへと進んでいった。

その両腕には、白い箱が抱えられていた。

「ハァ、ハァ……クソッ！」

彼は白い扉の前で立ち止まると、荒くなった息を整えながら悪態をつく。

「『同盟』のネズミめ……やってくれる。まさかアカネを攫《さら》うとはな……」

彼は憎しみをぶつけるかのように呟《つぶや》いて、扉のロックを解除した。

室内は真っ白な病室だった。

ベッドに銀色の髪の少女が座っている。

「意識があるだと？　鎮静剤を投与したはずだが……」

銀色の髪の少女——ナツメはかわいらしく小首を傾《かし》げた。

「量が足りなかったか。まぁいいさ。どうせお前には何もわからんだろう」

ナツメはまた小首を傾げて、西野アキラが抱える白い箱を不思議そうに見つめた。

「……この箱が気になるか？　これはお前を作り替えるものだ。あの『はじまりの騎士』を超える最強の騎士にな」

白い箱を開けると、ナツメは少し驚いたように目を見開いた。

その中にあったのは、冷凍保存された生首だった。

どす黒い肌に燃えるような赤髪の生首には、不気味な黒い魔力が纏《まと》わりついていた。

「驚いたか？　これは異常な魔力が観測された地点で回収した生首だ。ブルートゥルはこれを喰《く》らいかつてないほど強大な上位種へと進化した」

西野アキラは歪《ゆが》んだ笑みを浮かべてナツメに近づいていく。

「この首にはとてつもない魔力が秘められている。そしてその魔力の質は、従来の魔力とは異なっていた。そう……お前とよく似た性質の魔力だ」

彼はナツメの腕を摑《つか》み太い注射器のようなものを取り出した。

「この首を喰らい進化したブルートゥルのように、お前をこの首と融合させることができれば最強の騎士が生まれる。さぁ、始めようか。お前は最強の――」

そのとき、パシュッと空気が弾けるような音が響き、西野アキラの白衣に血痕が広がった。

「な、何――ッ」

パシュ、パシュッと続けて音が響く。

西野アキラの体が躍り血飛沫《しぶき》が舞い、硝煙《しょうえん》の匂いが広がった。

「な……バ、バカな……ッ」

そう言って、彼は膝を突いた。

その背後に、銃を構えた人影が立っていた。

カツ、カツ、とハイヒールの音が鳴り、人影はナツメに銃口を向けた。

「や、やめろ……ッ」

パシュ、と音を鳴らし銃身が跳ねた。

ナツメの眉間に黒い穴が開き、そのままベッドの上に崩れ落ちた。

——即死だった。

「なぜだ……なぜ、こんなことを……」

崩れ落ちた西野アキラは弱々しい声で言った。

人影は銃口を彼に向けた。

二人の視線が交差した。

僅《わず》かな間、静寂が辺りを支配した。

「直《じき》に死ぬ……せいぜい、苦しんで死ぬがいい」

人影はそう言って、生首と注射器を回収し去っていった。

「クク……ク……そうか……」

血溜まりが白い床に広がっていく。

血液とともに体温が失われていくのを西野アキラは感じていた。

「直に死ぬ、か……」

研究者として、その言葉が正しいことを彼は理解した。

「まさか、こんなところで……」

ようやく、研究が進む材料が手に入った。

『はじまりの騎士』を超える最強の騎士を作れるはずだった。今度こそ完全に制御できると思っていた。

虚空に手を伸ばす。その手は自らの血で赤く染まっていた。

彼は薄れゆく意識の中で、ふとベッドの方を見た。

「は……？」

そこにムクリと起き上がる銀色の髪の少女がいた。

血を失いすぎて幻覚を見ているのかと思った。

彼女は確かに眉間を銃で撃ち抜かれたはずだ。

しかし少女は伸びをして立ち上がり、一瞬で黒い衣装に着替えた。

「は？」

再び目を疑った。

少女は一瞬で漆黒のボディスーツ姿になっていたのだ。

そしてどこからともなく黒い大きな袋を取り出し、そこに荷物を詰め込んでいく。

「ぼ、僕のカメラ……」

その中には失くしたはずの彼のデジタルカメラもあった。

少女はさらにノートパソコンを袋に入れると、続けて部屋中の電化製品を漁って詰め込んでいった。

どんどん袋が膨れて巨大化する。

黒光りする袋は伸縮自在で、見たこともない不思議な素材だった。

「これと、これと……よし、この部屋これで終わりです。あとで生首回収するです」

どこか拙《つたな》い日本語でナツメは言った。

「お、お前喋《しゃべ》れたのか」

「ペラペラです」

ペラペラじゃない日本語で言った。

「データどこ？　消去するです」

「奥の研究室にある……好きにしろ。閲覧履歴に改竄《かいざん》の跡があった。二匹目のネズミはお前だったか……」

少女は美しく微笑《ほほえ》み、彼の横を通り過ぎた。

「最期に教えろ……お前は……お前たちはいったい何者だ」

「我らはシャドウガーデン。陰に潜み、陰を狩る者……」

少女は囁《ささや》くように言って、静かに去っていった。

「シャドウ……ガーデンか……」

聞いたこともない組織だった。

海外の組織だろうか。あるいは、決して表に出ることのない闇の――。

いずれにせよ、西野アキラの想像を超える組織がこの世界には存在するということだ。

「もう少しだと思ったが……案外、遠かったか……」

そう呟いて、少女が消えた扉に視線を向けると――ひょっこり彼女が顔を出した。

「お前、反逆の堕天使知ってるです?」

少女は唐突にそう聞いてきた。

「反逆の堕天使……？　知らないが……」

「じゃあいいです。見つけたら絶対コロスです。覚えてろです」

そう言って、今度こそ少女は去っていった。

反逆の堕天使。シャドウガーデンと敵対する組織だろうか。

いったい何者だ……そこまで考えて、西野アキラの命は尽きたのだった。

拠点の防壁には騎士たちが集い、魔獣との戦いが始まっていた。

魔獣は鋭い爪を壁に突き刺し、駆けるかのように乗り越えようとする。それを阻止する騎士たちの形相は、疲労が溜まり絶望すら見え始めていた。

「灰谷《はいたに》団長ッ！　もう持ちません、魔獣が多すぎます‼」

悲鳴のような騎士の声に、騎士団長の灰谷は応えることができなかった。

「どういうことだ……どこからこれほどの数の魔獣が現れた」

灰谷は剣を一閃《いっせん》させ、怯《ひる》んだ魔獣を蹴落とした。

だが下には、まだ地平線まで続くかのような大量の魔獣が蠢《うごめ》いている。

あまりに数が多すぎる。

通常のスタンピードでは考えられないほどの魔獣だ。

魔獣たちはまるで何かに取り憑《つ》かれたかのように拠点の内部を目指していた。

数も、勢いも、何もかもが異常だった。

「せめて彼女がいてくれれば……いや。彼女がいたところで……」

灰谷はそれ以上言葉にするのを止めた。

戦いの中とはいえ、誰かに聞かれるかもしれない。

もし仮に、この拠点最強の戦力である西野アカネがいたとしても、この魔獣の群れを止めることはできなかっただろう。

そこまで考えて、灰谷は自分がこの戦いの結末を既に見切っていることに気づいた。

この先にあるのは、決して抗《あらが》えない敗北なのだ。

「――住民の避難に移ろう」

「灰谷団長！　ですがそれは――ッ」

「我々にはもう時間を稼ぐことしかできない」

「拠点を見捨てろと言うのですか！」

「その通りだ」

そう言った灰谷の眼差しは、既に覚悟を決めているようだった。

「我々は命を無駄にするために戦うのではない。一人でも多くの命を救うために戦うのだ」

「団長……」

「騎士団を二つに分ける。一つは緊急用の地下道から住民を避難させる。もう一つはここで時間を稼ぐ」

「は、はい」

「お前は避難の指揮をとれ。後は任せたぞ」

灰谷は無駄が嫌いだった。

無駄に戦うことも、無駄に死ぬことも、価値がないと思っていた。

だがそこに意味さえあれば、命を懸けて戦うことができる。

彼は一秒でも長く時間を稼ぐため、命尽きるまで戦う覚悟を決めたのだ。

だが真の絶望は、その覚悟さえ砕く。

それは、雷鳴のような唸《うな》り声から始まった。

辺りに轟いたその恐ろしい声に、誰もが意識を奪われた。

そして次の瞬間、膨大な魔力とともに一匹の巨大な魔獣が現れたのだ。

「ブ、ブルートゥル……ッ」

動きを止めた戦場に引き攣《つ》った騎士の声が響く。

異常に発達した真紅の牙と爪が闇の中から浮かび上がった。

その魔獣は物語の世界から現れた悪魔のように、本能的な恐怖を掻《か》き立てていく。

そして圧倒される人々を置き去りにするかのような俊敏さで、ブルートゥルは跳躍しその爪を振り抜いた。

まさにそれは、絶望の一撃となった。

「な……防壁がッ」

ブルートゥルの爪は、たった一撃で深い亀裂を防壁に刻んだのだ。
防壁が崩れれば拠点は守りを失い瞬く間に蹂躙《じゅうりん》される。
誰もが最悪の未来を予想した。
追撃の爪が闇夜に大きく振りかぶられた。
「や、止めろッ！」
その叫びにブルートゥルを止める力はなかった。
少なくとも、そのはずであった。
しかしブルートゥルの真紅の爪は、夜空に振りかぶられたまま不自然に静止していた。
まさか人の願いが通じたのだろうか。
いや、そんなことはなかった。
人々はブルートゥルを貫く漆黒の刃の存在に気づいた。
その刃は背後から魔獣の巨体を貫通し、先端から黒い血を滴らせていた。
苦しい唸り声が、ブルートゥルの口からこぼれる。
そして、ゆっくりと。
巨体が宙に浮いていった。
ゆっくりと、ゆっくりと、漆黒の刃がブルートゥルを持ち上げていく。
それはまるで、憐《あわ》れな生贄《いけにえ》のように。

月の光に照らされて、漆黒の刃が翻《ひるがえ》る。
一瞬遅れて、ブルートゥルが両断され、黒い血の雨が降った。
そこに、漆黒の刃を掲げる人影が立っていた。
「あ、あいつ……漆黒の騎士……漆黒の騎士だ！」
「ブ、ブルートゥルを一撃で……ッ」
震える声がざわめきとなり広がっていく。
「た、戦ってくれるのか……？」
漆黒の騎士はその刃を水平に構え、蠢く数多《あまた》の魔獣と正対する。
しん、と辺りは静まり返った。
誰もが漆黒の騎士の一挙手一投足を注視していた。
何かが起こる予感がした。
それが何なのかはわからない。
だが漆黒の騎士の纏う空気に、誰もが常識を超えた何かを感じていた。
誰も動けなかった。
ただ空気だけが震えていた。
大地と水平に構えられた漆黒の刃に無数の光が集まっていく。
光は螺旋《らせん》を描きながら青紫に輝いて刃の先端に収束した。

そこから、新たな青紫の刃が生まれた。

青紫の刃は大地と水平に伸びていく。

どこまでも、伸びていく。

そして漆黒の騎士は、腰を深く落とし刃を引いた。

「アイ・アム……」

深淵から響くかのような低く深い声が辺りに響いた。

凄《すさ》まじい魔力が刃に収束し――。

「……アトミック・ソード」

その刃を薙《な》いだ。

閃光が夜の闇を両断し、そこに立つ全てを切り裂いた。

後には青紫の残光が漂い、辺りに刻まれた刃の軌跡を浮かび上がらせた。

見渡す限り全てが切断されていた。

魔獣も、木々も、家々も、何もかもが水平に切りそろえられていたのだ。

「こんなことが……こんなことがあっていいのか……」

まるで神が世界を上下に切り分けたかのような、想像を絶する力に誰もが圧倒されていた。

「あれは……あれは何なんだ」

灰谷はそう呟いた。

これを為《な》した漆黒の騎士という存在が、同じ人間とは思えなかった。

漆黒のロングコートが夜風ではためき、漆黒の騎士はゆっくりと歩きだす。

コツ、コツ、コツ、とブーツを鳴らし、拠点に向かっていた。

「ひッ……」

反射的に背を向け逃げようとする騎士を、灰谷は責めようとは思わなかった。

抵抗は無駄でしかないのだ。

「……門を開けろ」

灰谷はそう言った。

「だ、団長、正気ですかッ！　あ、あんなの中に入れたら俺《おれ》たちは……」

「無駄だ。どうすることもできんよ」

「団長……」

「彼の歩みを止めることは、私たちにはできない。ならば、少しでも可能性がある方に賭けよう。少なくとも彼はスタンピードを止めてくれたのだ」

灰谷はそう言って壁を降り、自らの手で門を開けた。

漆黒の騎士は躊躇《ちゅうちょ》なく拠点に足を踏み入れる。

騎士たちが我先にと道を空けた。

彼の歩みを止める者は誰もいない。

それが当然のことのように、彼は歩みを進めていく。

これがこの世界の強者なのだと誰もが理解した。

「ま……」

灰谷は漆黒の騎士に声をかけるつもりだった。

だが声が出なかった。

自分が畏怖していることに灰谷は気づいた。

「ま、待ってくれ……目的はなんだ。なぜ、メシアに……」

掠《かす》れる声を灰谷は絞り出した。

無視されるだろうと思った。もしかしたら聞こえていないかもしれないとも思った。

しかし意外なことに、漆黒の騎士は歩みを止め呟いた。

「時が満ちた……闇の扉が開き、世界は新たな領域《フィールド》へと進む……」

その意味を理解できる者は誰もいなかった。

だが彼の言葉には誰もが納得するだけの深みがあった。

おそらく漆黒の騎士は何もかも知っているのだ。

日本がこうなった理由も、魔獣がどこから来たのかも、何もかも知っていて、遙《はる》か先の世界を見ているのだ。

だからこそ彼の言葉を誰も理解できない。

「お前は……お前はいったい何者なんだ……」

灰谷は遠ざかる漆黒の騎士の背中に問いかけた。

「我が名はシャドウ――陰に潜み、陰を狩る者」

「陰に潜み、陰を狩る……」

いつかその言葉の意味を理解する日が来るのだろうか。

灰谷はそう思いながら、彼の背中を見送った。


僕は漆黒のロングコートを靡《なび》かせて闇の中に姿を消した――。

ゆっくりと、慌てずに、強者感を醸し出しながらの退場である。

「ふふふ……決まったな！」

彼らは突然現れて圧倒的な力で魔獣を殲滅《せんめつ》した『陰の実力者』に戦慄《せんりつ》していることだろう。

そして彼らは僕が残した謎の言葉の意味を考え続けるのだ。

「陰の実力者は永遠に生き続ける。そう、彼らの心の中でね……」

屋上からこっそり様子を窺《うかが》っていると、僕の背後によく知った気配を感じた。

「ベータか……」

シャドウモードに切り替えて僕は言った。

「はいです。遅くなりましたです」

彼女もシャドウガーデンモードで跪《ひざまず》く。

しかもなぜか日本語を喋《しゃべ》っている。

なぜだ。

「に、日本語をマスターしたのか……」

「はいです。しゃどー様のおかげでペラペラです」

ペラペラではないが、意思の疎通はできるようだ。

この語尾に「です」を多用するぎこちない喋り方は誰かに似ているような気がするが……誰だろう。

少なくとも身近にそんな人はいなかった気がするし、まぁいいか。

しかしこれほど早くベータが日本語を喋れるようになったのは想定外である。

「それで……その荷物は何だ？」

彼女はスライムのでかい袋を背負っていた。

まるでプレゼントを限界まで詰め込んだサンタさんである。

「例のモノを集めたです。これで強くなるです」

「例のモノ……？」

例のモノなんて存在しないのだが、いつものノリかな。

「知識たくさんです。しゃどー様むかし言ったです。知識には全て共通点があるです。その通りだったです！　あんごーの仕組み共通してたです！　日本語わかりましたです！　他にもたくさん共通してたです！　知識つながってますです！　凄いです！」

「あーそうか、わかった」

よくわからんが、ベータの日本語はまだ不十分だということがわかった。

「それで、例の計画は？」

例の計画なんてないのだが、とりあえず話を変えてみる。

このあたりはもうノリだ。彼女も合わせてくれる、阿吽《あうん》の呼吸である。

「全て整ったです。アレも見つけたです」

「そうか……全て整ったか」

「扉開くです。頭あっちです」

「そうか……頭あっちか……」

ベータが差す方の気配を探ると、そこには気になる魔力が二つあった。
僕のために次のイベントを見つけてくれたようだ。
ベータよ、いい仕事だ。

暗い地下道を走る人影があった。
人影は生首を抱えながら、背後を気にして何度も振り返る。
そして地下道の端に置かれた大きなキャリーバッグの前で立ち止まった。
「これで……これでようやく終わる」
その声は女性のものだった。
彼女は懐中電灯を取り出して明かりを点けるとキャリーバッグを開けた。
キャリーバッグの中には少女が膝を抱えて眠っている。

長い黒髪に騎士団の制服姿の美しい少女は、西野アカネだった。

「あなたが全て悪いのよ……こうなったのも、これから起こることも、全てあなたのせい」

人影の女性は、西野アカネに語りかける。

そして生首を置き、懐から注射器のようなものを取り出した。

——そのとき。

「やっぱり、あなたが犯人だったんですね」

地下道に少年の声が反響した。

「誰ッ——⁉」

人影の女性は振り返り、懐中電灯の光を向けた。

闇の中から一人の少年の姿が浮かび上がる。黒髪に黒い目の、どこにでもいる平凡な少年だった。

「ミノル君……どうしてここに」

「死んだと思いましたか——ユウカ先生？」

「……ッ」

女性の顔が強張る。

白衣を着た彼女は拠点の医師ユウカ先生だった。

「先生が僕を殺すように指示したんですよね」

「……そうよ。よくわかったわね」

「ゴリ……冴島《さえじま》を殺したのも？」

「私よ」

淡々と彼女は肯定した。

「おかしいと思いました。僕には狙われる理由なんてないから。あるとすれば、先生が犯人だったときだけなんです」

「……彼らは失敗したのね」

「ええ。おかげで、僕はまだ生きている。先生はなぜ、こんなことをしたんですか」

「……知りたい？」

ユウカ先生は冷たい笑みを浮かべた。

そして白衣から拳銃を取り出すと、その銃口をミノルへと向ける。

「それで冴島を殺したんですね」

「ええ。彼を殺すのは簡単だったわ。油断していれば騎士でもただの人よ。こうやって……バン」

トリガーが引かれ銃弾が放たれた。

ミノルの足元で銃弾が跳ねて火花が散る。

「驚かないのね。それとも怯えて動けないのかしら」

微動だにしないミノルを見て、彼女は少し意外そうに言った。

「なぜ、殺したんです」

「……冴島は私たちの内通者よ。用済みになったから処分したの」

彼女は妖しい笑みでそう言った。

「私たち……？」

「私たちは『同盟』のスパイ」

「なるほど。目的はこの拠点ですか」

「そうね……それが『同盟』の目的。でも、私の本当の目的は違う」

彼女はグッと拳を握りしめた。

「――復讐よ」

「復讐？」

「そうよ……あなたはこの子の正体を知っている？」

ユウカ先生は膝を抱えて眠るアカネを見下ろし言った。

「この子はね、とっても多くの人間を殺した悪い子なのよ」

「へえ」

平然と言う少年を見て、ユウカ先生は顔を険しくさせた。

「信じていないのね。私が嘘をついていると思っているんでしょう」

「あ、いや。そういうわけでは……」

「いいわ、教えてあげる。この子が犯した虐殺の全てを……」

「ま、まぁ、教えてくれるのなら」

彼女は険しい顔のまま、唇を歪《ゆが》めて語りだした。

「私はかつて『アルカディア』で暮らしていた。夫と二人で、厳しいけれど幸せな日々だったわ。夫は研究者で覚醒者の研究をしていたの。あの西野アキラと一緒にね……」

「なるほど」

「西野アキラとの研究で夫は日本で初めての『騎士』を誕生させた。黒い髪に赤い瞳のその少女は『はじまりの騎士』と呼ばれたわ」

彼女は西野アカネを見下ろして言った。

「僕の記憶が確かなら、『はじまりの騎士』は黄金の髪をしていたと聞きましたよ」

「始めは黒髪だったのよ。だけど西野アキラは彼女の力に満足しなかった。さらなる力を求めて禁断の研究に手を出したのよ。その結果、彼女の髪は黄金へと変わったの」

「ふむ……」

「彼女は大きな力を得たわ。でも、やがてその力を制御できなくなっていった。夫は何度も西野アキラを止めようとしたけれど無駄だった……そしてあの事件が起こった」

彼女は俯《うつむ》いて唇を震わせた。

「あの日、暴走した『はじまりの騎士』がアルカディアの人々を虐殺した。夫も私の腕の中で死んだわ。私は西野アキラと『はじまりの騎士』を追った。数年かけて見つけたあの二人は、のうのうと研究を続けていたのよ……アルカディアを破壊して、夫を殺して、許せるはずがないでしょう」

彼女はギリッと奥歯を噛《か》み締めて語る。

「西野アキラは始末した。後は『はじまりの騎士』で終わり……もうわかるでしょう。この子が『はじまりの騎士』よ」

ユウカ先生は膝を抱えて眠るアカネを見下ろした。

「……彼女を、殺すんですか」

「殺すだけじゃ物足りない。あれだけのことをしたのに、この子は忘れようとしているのよ。そんなの絶対に許さない。だから思い出させてやる……」

ユウカ先生は注射器の針をアカネの首筋に当て、ミノルを睨《にら》んだ。

「動かないで。西野アキラがこの子にどんな実験をしていたか知っている？　あいつは少しずつ、少しずつ、精製した魔獣の体液を注入して『はじまりの騎士』を作ったのよ。この子は魔獣と人間が混ざった化け物。もしブルートゥルの体液を注入したら……どうなるかしらね」

そう言って彼女は注射器を突き刺し体液を注入した。

その瞬間、アカネの目がカッと開いた。

彼女の細い体は痙攣《けいれん》し、黄金の魔力が溢れ出す。

立ち上がった少女の髪は黄金に輝いていた。

「そう……それがあなたの正体」

口を歪めて嗤《わら》うユウカ先生を、アカネはガラス玉のような瞳で眺めた。

感情の消えた、無機質な視線だった。

そして、アカネは無造作に右腕を突き出した。

その右腕はまるで吸い込まれるかのように、ユウカ先生の心臓を貫いた。

彼女は抵抗しなかった。

そのままアカネに倒れかかり、耳元で囁《ささや》く。

「……これが私の復讐よ」

彼女は血に染まった唇で嗤う。

そして膝から崩れ落ち、嗤いながら息絶えた。

「ア……ア……アア」

アカネの瞳が揺れた。

彼女は震えながら赤く染まった右腕を見ていた。

「ア、アァアア……アァァアアアアアアアアッ」

彼女は血まみれの手で頭を掻《か》き毟《むし》る。

それは、悲しい叫びだった。

「ァァァァァァァァアアアアアアアアアアアアアアアアアアアアアアアアアッ‼」

そして黄金の粒子が拡散し、周囲を飲み込み爆発した。


どこか遠くの世界を見ているかのようだ。西野アカネはそう思った。

しかしこれが、遠くの世界の出来事ではないことを彼女は知っていた。

肉を貫く右腕の感触も、崩れ落ちていくユウカ先生の姿も、それが現実であることを痛いほど知っていた。

ずっと昔に、同じようなことがあったのを思い出したから。

あのときはどうなっただろう。

何人殺したのだろう。

忘れていた記憶が、右腕の感触とともに蘇る。

「ア、アアアア……アアアアアアアアアッ」

心の奥底に刻まれた記憶は、決して消えることはない。

街を破壊し、人々を殺し、魔力と衝動を制御することができずに、アルカディアを滅ぼした。

あのときも、どこか遠くの世界を見ているかのようだった。

だから、これから起こることも知っている。

魔力が暴れるのを感じる。

苦しい――。

「アアアアアアアアアアアアアアアアアアアアアアアアアアッ!!」

そして、金色の魔力が周囲を飲み込み爆発した。

黒髪の少年が巻き込まれて吹き飛ばされていった。

「ア……アア……」

魔力の暴走が収まると、周囲はドーム状に破壊されていた。

瓦礫《がれき》が高く積み重なり、頭上は穴が開き星空が見えていた。

黒髪の少年はどこにもいない。

アカネは立ち竦《すく》んだ。

心は泣いているのに、表情は少しも変わらない。それが辛かった。

そのとき――背後で物音がした。
振り返ると、高く積み重なった瓦礫の上に漆黒のロングコートを纏った男がいた。
――漆黒の騎士だ。
彼は夜空に浮かぶ月を背景に漆黒の刃を抜いた。
「過去を断ち切るには、いい夜だ……」
そう言って、漆黒の刃を天に掲げる。
二人の間を風が通り抜けていく。
「――往くぞ」
そして、漆黒の騎士は夜空に舞った。
――来ないで！
心の中でそう叫んでも、アカネの肉体は勝手に動き出す。
全身から黄金の魔力が湧き立ち彼女は飛翔する。
舞い降りる漆黒と、飛翔する黄金が交差した。
そして――黄金が漆黒を貫いた。
また、殺してしまった。
漆黒の騎士を貫いた右腕を見て、アカネは諦めに近い感情を抱いた。
濡れた右腕に付着しているのは黒い液体。

これは漆黒の騎士の血液――いや、違う。

「――残像だ」

背後から声がした。

振り返ると、そこには平然と佇《たたず》む漆黒の騎士がいた。

あの瞬間、右腕は確かに漆黒の騎士を貫いたはず。しかし彼は傷一つなく立っていた。

「ァァァァァアアアアアアッ」

アカネの肉体は漆黒の騎士を狩ろうと駆け出す。

しかし――その動きは瞬時に停止した。

いつの間にか彼女の四肢に鎖が絡み付き、動きを拘束していたのだ。

アカネは黒い液体が右腕に付着していたのを思い出した。あれは、このために――。

「アガアアアアアアアアアアァァァァァァァァァァァァァァァッ!!」

「無駄だ……黒き鎖の牢獄《ろうごく》からは、誰も逃れられぬ」

魔力を噴き出し暴れるアカネを、冷静な声が窘《たしな》めた。

コツ、コツ、とブーツを鳴らし、彼はゆっくりと近づいてくる。

漆黒の刃に青紫の魔力が集う。

それは震えるほど強く、そして美しかった。

ただ、圧倒された。

自分はここで死ぬのだと、彼女は理解した。

これで……ようやく終わるのだ。

暴れ喚《わめ》く肉体とは裏腹に、彼女の心は落ち着いていた。

そして漆黒の刃が振り下ろされて、視界が青紫の優しい光に包まれる。

薄れゆく意識の中で、アカネは懐かしい声を聞いた。

「……もう攫《さら》われないよう気をつけなよ」


青紫の魔力がアカネを癒《い》やすのを、ベータは瓦礫の隙間から見ていた。

「むふふ……最高です」

彼女は右手のデジタルカメラで敬愛する主を撮影し、同時に左手でシャドウ様戦記を執筆するという離れ業をやってのけていた。

「シャドウ様の雄姿を完璧に保存……このカメラ、私のための道具です」

ベータはじゅるりと涎《よだれ》を拭いて、カメラとシャドウ様戦記を片づけた。

そして一段落した様子の主に声をかける。

「シャドウ様……準備終わったです」

「ふむ、ベータか」

彼女の主は慌てた様子もなく振り返った。

「計画終わったです？」

「ん？　ああ、そうだな」

「わかったです。始めるです」

そう言ってベータは瓦礫の中で回収した生首を取り出した。

『黒キ薔薇』の解析はもう済んでいる。

「ふむ……？」

「多分これで……こうやって……大丈夫でーす！」

そう言ってベータは生首を宙に投げ、魔力を込めた刃で貫いた。

すると、貫かれた生首から闇が溢れ出し黒い穴が広がっていく。

「おぉ……よくわからんが、よくやったぞベータ」

「ぁ、ありがたい言葉です！　ぜんぜん大丈夫です！」

突然褒められたベータはあたふたしながら感動に打ち震えた。

「よし、帰ろう。すぐに帰ろう、今すぐ帰ろう」

「あ、はいです」

「往くぞベータよ、とう！」

そう言って、主は迷うことなく黒い穴の中に飛び込んでいった。

その姿を見送って、ベータも飛び込もうとした直前、彼女はあることに気づく。

「これ……入らないです」

ベータは小さな山のように膨れ上がった黒い袋を背負っていた。

その中身は彼女が日本でかき集めた数々の道具や資料。

全て持ち帰って研究するはずだったのだが……いかんせん黒い穴は小さかった。

一人通るのがやっとの大きさだったのだ。

しかも穴は少しずつ小さくなっている。あと数分で閉じてしまうだろう。

「うぅ……せっかく集めたのに……」

ベータは半べそになりながら、黒い袋を開けてドバッと中身をぶちまけた。

そして持って帰れそうな小さなモノだけを物色する。

「これと……これ無理です……ぜんぜんダメです……入るです……ん？」

そのときふと、地面に倒れる少女の存在に気づいた。

さきほど彼女の主によって癒やされた黄金の少女は、元の美しい黒髪に戻り安らかな寝顔で横たわっていた。

「……いいこと考えたです」

すやすや眠る少女を見下ろして、ベータは悪い笑みを浮かべる。

どうせ持ち帰れるモノは限られているのだ。

ならば最も大切な知識と情報を持ち帰るべきである。

「現地の生命体を持って帰るの一番です！」

ベータは黒髪の少女をスライムで包み込み、一緒に小さな道具とデジタルカメラを回収した。

「よいしょっと」

黒い袋を穴の中へと押し込み、そのまま飛び込んでいった。

「シャドウが帰還したですって？」

ミツゴシデラックスホテルの社長室で、アルファはその報告を聞いた。

シャドウが『黒キ薔薇』に飲み込まれてから、アルファはすぐにオリアナ王国に駆けつけ事後処理の指揮を執った。

「シャ、シャ、シャシャシャシャシャシャ、シャドウ様が⁉」

傍《かたわ》らで作業していたイプシロンが、椅子を盛大に倒して立ち上がる。

「落ち着きなさい、イプシロン」

「で、ですがアルファ様……」

「彼には何か大きな目的があったのよ。そして帰還する術《すべ》も持っていた。帰ってくるのはわかっていたことでしょう」

「そ、そうですね……でも、無事で本当によかったです」

「それで、彼はどこに？」

アルファは扉の前で佇《たたず》むウィクトーリアに聞いた。

「シャドウ様は急いでミドガル王国へと向かいました」

「急いで……？」

「ミドガル学園の冬休みが終わることを危惧《きぐ》していたようです」

「そう……学園で何かがあるのかもしれないわね。教団か、それとも魔人か……」

「はい。現在はシャドウ様の傍《そば》にゼータ様が付いています」

「ゼータが？　いつの間に帰って来たのかしら」

「不明です」

「あの子、あまり報告しないから。優秀なのは間違いないんだけど」

アルファは小さくため息を吐《つ》く。

「それから、ベータ様が戻られました。いろいろと面白いものを持ち帰ったようです」

「そう……やはり目的があったのね。ベータはどこに」

「ベータ様なら――」

ウィクトーリアが言いかけたそのとき、扉が開き銀色の髪の少女が入ってきた。

「ベータ、ただ今戻りました！」

「よく帰ったわね……と言いたいところだけど、それは何かしら？」

ベータは黒い大きな袋をズルズルと引きずっていたのだ。

「えっと、こっちはデジカメで、こっちはノートパソコンで、それからこっちはタブレットで……どれも凄いんです！　これは革命ですよ！　電気があればとっても便利なんですよ！」

ベータは得意げに電子機器を次々と取り出して見せた。

「そうなの……でもね、まず私が聞きたいのは人型のそれよ」

そう言って、アルファは人型のでかい塊を指す。

イプシロンもウンウンと頷《うなず》いた。

「えと、これは……」

ベータはそこで言葉を止めて、困ったように首を傾げた。

「知識……？　サンプル？　というか説明書？　に近いと思います」

「人間よね？」

「ちゃんと調べたわけではないのでわかりませんが、人間に限りなく近い異世界生命体であると考えます」

ベータの微妙な返答に、アルファは眉間にしわを寄せた。

「ちゃんと面倒見なさいよ」

「え、私がですか？　イータに任せようかと……」

「あなたが拾って来たんだから当然よ。最後まで責任持ちなさい。あの子に預けたら何をしでかすかわかったもんじゃないわ」

「た、確かに……」

ベータはしゅんと頭を垂れた。

「詳しい報告は後で聞くわ。向こうであったこと、それから持ち帰ったものについても、レポートにまとめて提出しなさい」

「あ、はい、すぐに」

「あとは、そうね。６６６番の件だけど、彼女は……」

こうして、シャドウガーデン幹部会議は夜遅くまで続いた。


白い部屋の中で、アカネは目覚めた。

体調はとてもよかった。心も落ち着いていた。これほどいい寝覚めは、はたしていつ以来だろうか。

「ここは……?」

部屋の中を見渡す。

始め大学の研究室かと思ったが、それにしてはやけに設備が原始的だ。

「文字が……読めない」

壁に何か文字が書かれているが、見たことがない言語だった。

「私は、私はあのとき……」

アカネは全てを思い出した。

自分が犯した罪も、死を覚悟した瞬間も、最後に包まれた優しい光と彼の声も。

落ち着いた心で、冷静に受け止めた。

「……ごめんなさい」

それは、犯した罪に対する謝罪だった。

アルカディアの人々も、ユウカ先生も……彼女はその手で殺《あや》めたのだ。

きっかけは兄だったのかもしれない。しかし自分の心の弱さが被害を拡大させた。彼女はそう思っていた。

ずっと過去を受け止めたかったのに、受け止めるだけの強さが彼女にはなかった。

でも今なら受け止められる。

「ミノル君……だよね」

彼の声を聴いたから。

「やっぱり生きていたんだ。変わらないなぁ……」

彼女の目尻から一筋の涙が流れ落ちた。

彼が生きているなら、アカネは強くなれる。

「ミノル君、待っててね。私は……殺してしまった人たちより、ずっと多くの人を助けたい。

だから待ってて、私の贖罪《しょくざい》が終わるまで……」
そして黄金の粒子が、彼女の周囲に漂った。

Not a hero, not an arch enemy,
but the existence intervenes in a story and shows off his power.
I had admired the one like that, what is more,
and hoped to be.
Like a hero everyone wished to be in childhood,
"The Eminence in Shadow" was the one for me.
That's all about it.

The Eminence in Shadow

I can't remember the moment anymore.
Yet, I had desired to become "The Eminence in Shadow"
ever since I could remember.
An anime, manga, or movie? No, whatever's fine.
If I could become a man behind the scene,
I didn't care what type I would be.
Not a hero, not an arch enemy,

補遺

The Eminence in Shadow
Volume Four
Appendix

「あのお方に相応わしくない者は排除する」

（名前）ウィクトーリア
（性別）女
（年齢）18

『シャドウガーデン』の559番。

かつて〈悪魔憑《つ》き〉となって死にかけていたところをシャドウに助けられて以来、彼を異常なまでに崇拝している。

彼女の実力は『七陰』にも一目置かれており幹部候補として期待されているが、一部では妄信的な性格が危険視されている。

その出生には謎も多く、かつては『聖女』と呼ばれていたらしい。

No.664 No.665

「おはよ〜666番ちゃん」

＝No.665

（名前）665番
（性別）女
（年齢）17

「独断は禁止よ、いい？」

＝No.664

（名前）664番
（性別）女
（年齢）18

『シャドウガーデン』の新人で
ローズと同じ分隊の仲間。
664番は分隊長で生真面目な性格だが根は優しい。
665番はおっとりとした性格でサポートが得意。
二人ともまだ経験は浅いが教官からの評価は高く、
将来を期待されている。

Minoru Kageno

「おはよう、西村さん」

= Minoru Kageno

（名前）影野 実
（性別）男
（年齢）17

シドの前世。高校では目立たないように
平凡な生徒を演じており、
成績は中の下をキープしている。
自由な時間の大半を修行に費やしているが、
その成果を見せる機会がなかなか
訪れないため、夜な夜な暴漢や暴走族を
狩っている。カバンの中には常に
バールを隠し持っている。

Akane Nishino

= Akane Nishino

（名前）西野アカネ
（性別）女
（年齢）20

「昔のことを思い出して……変だよね」

影野ミノルの高校の頃の同級生。
西野財閥の娘であり女優としても活躍していた。
類い稀な魔力を持っており『救世主』と
慕われているが、本人はそう呼ばれることを
快く思っていない。
かつて何度も影野に助けられた経験があり、
スタイリッシュ暴漢スレイヤーの正体に
勘づいている……？

シャドウ様戦記
完全版――四巻

著　ベータ

オリアナ王国にディアボロス教団の魔の手が迫っていた。我々はイプシロンを中心とした精鋭部隊を潜入させ、教団の真の狙いを探っていたが、確証が得られぬまま時間だけが過ぎていく。僅かな情報を頼りにウィクトーリアとローズ・オリアナの部隊をサイショ城砦に派遣し、奴らの狙いが例の鍵であることを突き止めるも、ローズ・オリアナを捕らえられウィクトーリアも窮地に陥ってしまった。

そのとき、颯爽と現れたのがシャドウ様だった！　シャドウ様は教団の動きを予見し、我々の窮地を救ったのだ。教団幹部を一瞬で屠ったシャドウ様はそれはもう優雅なお姿だったとか！

そこでローズ・オリアナが捕らえられたことを知ったシャドウ様は王都に向かい、イプシロンと合流する。ローズ・オリアナとドエム・ケツハットの結婚準備が進む中、教団の狙いを読み切ったシャドウ様はその神業でドエムから鍵を奪取した！　そしてシャドウ様はあえて教団を泳がし、諸悪の根源を断ち切ることを決断したのだ!!

シャドウ様はローズ・オリアナに真相を打ち明け、そして例の鍵を託した。

そう――オリアナ王国の行く末を決めるのは我々ではない。正当な王位継承者であるローズ・オリアナが決めてこそオリアナ王国は立ち直るのだと、シャドウ様は背中で語ったらしい！　そしてシャドウ様のお言葉で奮起したローズ・オリアナはドエム・ケツハットを討ち取った。オリアナ王国は彼女の手で誇りを取り戻したのだ。

これも全て、シャドウ様の意思――！

全てが終わったかに思われたそのとき、ディアボロス教団の黒幕がついに姿を現した。ナイツ・オブ・ラウンズの第九席『人越の魔剣』モードレッド卿だ！　彼の手によって『黒キ薔薇』の扉が開き、異世界より大量の魔物と『ラグナロク』が召喚されたのだ！　これこそが教団の真の狙い――しかし、これはシャドウ様の掌の上の出来事だった。全てを読み切ったシャドウ様は『ラグナロク』を一蹴しモードレッド卿に世界の真実を語らせた。その上で、教団の狙いをすべて打ち砕き『黒キ薔薇』を完全に破壊したのだ！

いや、違った。シャドウ様の狙いはなんとその先にあったのだ！　崩壊していく『黒キ薔薇』に飛び込んだシャドウ様の姿に誰もが目を疑った。恥ずかしながらこの私、ベータもシャドウ様がご乱心したのかと一瞬だけ疑ってしまうほど！　だがしかし、ベータはいつでもどんなときでもシャドウ様に従います！　シャドウ様に続いて『黒キ薔薇』に飛び込んだ私が見たものは——異世界だった。

そう、これこそがシャドウ様の真の目的。異世界の知識と力、それを手に入れてシャドウガーデンをさらに強化することだったのだ！　その意思を証明するかの如く、シャドウ様の叡智が光る!!　異世界の文字を瞬時に読み解いたシャドウ様は、初めて見る未知の道具を次々に解明していった！　これこそがシャドウ様の凄まじさ、全ての知識に精通し一瞬で本質を読み解くのだ。そして異世界の言葉すら流暢に話すシャドウ様の聡明な横顔に、恥ずかしながら思わず心が奪われてしまった！

シャドウ様による高度な柔軟性を維持しつつ臨機応変な計画で、異世界コミュニティへの潜入に成功した私は、そこで技術と知識を盗み出す任務を受けた。私が送り込まれたのはコミュニティの中心部、全てがシャドウ様の手でお膳立てされている状況だった。失敗は決して許されない。一刻も早く現地の言葉を理解しようと努めていた私だったが、そうしているうちにある衝撃の事実に気付いてしまった。そう、現地の言葉はかつてシャドウ様が我々に託した暗号の文字に酷似していたのだ！　その瞬間、私はシャドウ様の教えを思い出す。

『知識は全て繋がっている』

それがシャドウ様の教え——全く異なる文化、そして世界であっても、人が人である限り辿り着く答えは同じなのだ！

それからは一瞬だった。言葉も、道具も、技術も、何もかもは私の学んできた知識と繋がっていたのだ！　特にシャドウ様から教えてもらった知識と酷似していた！　私はシャドウ様がしたように、次々と本質を理解し知識を盗み出していった。自分でも驚くほどの成長ぶり、これがシャドウ様の教えなのだ！

そうこうしているうちに矮小な異世界人どもが同士討ちを始め、どさくさに紛れてモードレッドの頭を回収した。元の世界に戻る前に、ネット掲示板でシャドウ様のことをさんざんバカにした『卍反逆の堕天使卍』だけは始末しておきたかったが……残念ながら時間切れだ。もし次の機会があれば『卍反逆の堕天使卍』は生まれてきたことを後悔するほどボコボコにしてやる。

全ては、シャドウ様の名誉のために――!!

今回はここまで！　次回、シャドウ様戦記完全版五巻は!!
ミドガル学園に戻る――そこで起こる衝撃の事件!!

またまた大活躍のシャドウ様をお楽しみにッ!!

あとがき

POSTSCRIPT

このたびは『陰の実力者になりたくて！』四巻を読んでいただき、ありがとうございます。そして長い間お待たせしてしまい、本当に申し訳ありません。原因は私が書けなかったせいです。何を書いていいのか、何が正解かわからずに、まったく筆が進まない時期が長く続きました。

執筆を始めた当初からずっとウェブ連載を続けてきましたが、その中で私は知らず知らずのうちにウェブ連載に適した執筆スタイルになっていました。それは読者の反応を確認して修正を加え、場合によってはその後の展開すら変えていく執筆スタイルです。たとえ自分の考えとは違っていても、多くの読者が同じ反応をしているなら、読者を尊重することが正解だと思っています。その考えは今でも変わっていません。読者が望む展開の中に、私のやりたいことを混ぜていく。それが私がウェブ連載で得た執筆スタイルだったのです。

しかしその執筆スタイルは、書籍オリジナル展開を目指した四巻では難しくなりました。ウェブ連載のように一話ずつ読者の反応を見ながら修正していくことができず、何が正解かわからなくなってしまったのです。少し書いては削除してまた書き直す。その繰り返しが一年以上続きました。

私の作品は私一人で作ったものではなく、読者の皆様と一緒に作り上げたものだったのです。

本当に長い間お待たせしてしまいましたが、ようやく本書を出版することができました。この永遠に続くかと思われたスランプ脱却のために、毎日貴重なお時間を割いていただいた担当編集様に心から感謝を申し上げます。

そして、皆様にとっておきのお知らせがあります。なんと『陰の実力者になりたくて！』のアニメ化企画が現在進行中です‼　ここまでこれたのも全て皆様の応援があってのことです。今回のスランプを通して皆様の存在がどれほど大きかったのか痛感致しました。読者の皆様には心より感謝を申し上げます。

最後になりますが謝辞を。

書籍化作業全般をサポートしてくださった担当編集さん。最高のイラストを描いてくださった東西先生。素敵なデザインで本書を彩ってくださったバルコロニーの荒木さん。アニメ化に向けて動いてくださった関係者様。そして応援してくださった読者の皆様。改めて本当に、本当にありがとうございました。

それではまた五巻でお会いしましょう！

逢沢大介

著
逢沢大介
書籍四巻に加え
コミカライズ五巻&スピンオフ
コミックス二巻が発売中です。
応援してくださった読者の皆様に
心から感謝します。

イラスト
東西
若輩者ゆえ言葉はございません。
精進あるのみ。

陰の実力者になりたくて！ 04

2021年2月26日　初版発行
2024年11月5日　第15刷発行

著　逢沢大介
イラスト　東西

発行者　山下直久
編集長　藤田明子
担当　吉田翔平

装丁　荒木恵里加（BALCOLONY.）

編集　ホビー書籍編集部

発行　株式会社 KADOKAWA
〒102-8177
東京都千代田区富士見2-13-3
電話：0570-002-301（ナビダイヤル）

お問い合わせ　https://www.kadokawa.co.jp/
（「お問い合わせ」へお進みください）
※内容によっては、お答えできない場合があります。
※サポートは日本国内のみとさせていただきます。
※Japanese text only

印刷・製本　TOPPANクロレ株式会社
Printed in Japan

ISBN 978-4-04-735878-2　C0093

力者に
くて!
「陰の実力者になりたくて!」
『月刊コンプエース』にてコミカライズ大好評連載中!!!!
the moment anymore.
Yet, I h d desired to become "The Eminence in Shadow"
ever si e I could remember.
An anim e, manga, or movie? No, whatever's fine.
If I could become a man behind the scene,
I didn't care what type I would be.
Not a , not an arch enemy,
intervenes in a story and shows off his
I had admired the one like that, what is more,
and hoped to be.

陰の実
漫画 坂野杏梨
原作 逢沢大介
キャラクター原案 東西
なりた

『陰の実力者になりたくて！』スピンオフコミカライズ!!!

陰の実力者になりたくて！
The Eminence in Shadow
しゃどーがいでん
漫画 瀬田U
原作 逢沢大介
キャラクター原案 東西
既刊 好評発売中!!!!!

幼女戦記

カルロ・ゼン 著 ／ 篠月しのぶ イラスト

（1～14巻 以下続刊）

金髪、碧眼そして白く透き通った肌の幼女が、
空を飛び、容赦なく敵を撃ち落とす。
幼女らしい舌足らずさで軍を指揮する彼女の名はターニャ・デグレチャフ。
だが、その中身は、神の暴走により幼女へと
生まれ変わることとなった日本のエリートサラリーマン。
効率化と自らの出世をなにより優先する幼女デグレチャフは、
帝国軍魔導師の中でも最も危険な存在へとなっていく――。

闘病の末に命を落とした青年・火楽は、
神様によって蘇生され、若返って異世界に転移した。
第二の人生、のんびり農業を楽しむために！
神様に授けられた「万能農具」を手に、
自由気ままに異世界を切り拓く！
そこに天使や吸血鬼、エルフに竜まで現れて……。
あっという間に村になり、気付けば俺が村長に！？
スローライフ・農業ファンタジー、ここに開幕！

（1〜16巻 以下続刊）

内藤騎之介 著 ／ やすも イラスト

異世界のんびり農家

Dジェネシス
ダンジョンが出来て3年

之 貫紀 著／
ttl イラスト

（1〜8巻 以下続刊）

ダンジョンが出来て３年。
ダンジョン攻略が当たり前になった世界で、
社畜として生活していた芳村が、不意に訪れた不幸？な偶然で
世界ランキング１位にランクイン！
のんびり生活に憧れて退職し、ダンジョンに潜ることにはしたものの、
手に入れてしまった未知のスキルに振り回されて、
ダンジョン攻略最前線にかかわることに。
スローライフの明日はどっちだ――！？